小説 羽沢向一
挿絵 或真じき
魔法の王国《わが家は》亡命ハーレム

登場人物紹介

シーナ・ヴィル・マーハ

サンドラの妹。真面目な性格で責任感が強く、かならずミナから王座を奪い返すと、固く決心している。

サンドラ・ヴィル・マーハ

優しくちょっとエッチなマーハランドの元女王。政権争いに敗れたため、妹を連れて裕也の家へ亡命した。

ミナ・フルル・マーハ

マーハランドの現女王。自信家で負けず嫌い。ヴィル・マーハ家に戦争を仕掛け、見事王座を奪取した。

塚《つか》森《もり》裕《ゆう》也《や》

ごく普通の高校生……のはずだったが、シーナたちと出会いマーハランドの王家の血筋であることが判明。

第一章　異世界から魔法の巨乳王家がやってきた

塚森裕也《つかもりゆうや》が高校からの帰りに毎日寄り道する本屋へ入ろうとしたとき、ブレザーのポケットのスマートフォンが振動した。電子万引きを疑われないように本屋の前から離れて、画面の文字を見つめ、首をかしげる。

『突然だけど、重大な用事があるので、大至急帰ってきなさい　母』

「なんだ、これ？」

と、思わず声が出てしまう。

親からこんなあいまいなメールが送られてくるのは、はじめてだ。よいことがあっても、誰かの事故や不幸が起きても、いつも文章は明瞭。どうして今日にかぎって、用事の内容を書かないのか、わからない。

裕也は不安を煽られて、気がつくと駆け足になっていた。

十分足らずで自宅の前に到着したが、今朝、玄関から出たときと比べて、家の外観になにも変化は見られなかった。庶民の住宅としてごく平凡な二階建ての前には、人だかりもなければ、パトカーも救急車も消防車も止まっていない。

しかし玄関のドアを開けると、上がり框《がまち》に母親だけでなく父親も立っていた。

「あれ、父さん、会社は？」

「有給休暇を取った。父さんたちのことはいいから、早く上がって、居間へ行け」

「なに？」

「見ればわかる」

　そして、見てもわからなかった。裕也が居間に足を踏み入れた途端、凛とした大きな女の声を浴びせられる。

「マーハランド王国のアレクサンドラ・ヴィル・マーハ女王陛下ならびにアレクシーナ・ヴィル・マーハ王女殿下の御前である！　控えよ！」

「は、はい！」

　日本人の血のなせる業なのか、裕也は思わず返事をして、『水戸黄門』の登場人物さながらに畳に正座してしまった。

　さすがに額を畳につけて土下座はしなかったが、唖然として室内をながめる。

（な、なんだ、これ!?）

　塚森家の居間は畳敷きだ。そこにダイニングキッチンから持ってきた二脚の椅子が並び、二人の女が優雅に腰かけていた。

　右側の椅子には、上品な淡いピンクのロングドレスを着た、金髪の美女。頭には黄金のティアラを飾っている。

左側の椅子には、純白のロングドレスを着た、金髪の美少女。頭には銀のティアラを飾っている。

二人は確かに女王と王女と呼ばれるのにふさわしい外見だ。

さらに椅子の背後には、明るいブルーの服に白いエプロンドレスをつけた、どこからどう見てもメイドな若い美女が仁王立ち。

メイドは右手に畳から天井まで届く長い棒を握り、そこに大きな布が結びつけてある。不思議なことに、畳一枚分はありそうな布は、なんの支えもなしに横に広がり、大輪の赤い薔薇と白い薔薇が並ぶ豪奢な刺繍を見せつけている。

(どうして、ぼくの家に、女王様と王女様とメイドがいるんだ⁉)

唖然として三人の美女を見つめる裕也へ、メイドがけわしい顔つきで再び凛とした声を放った。

「アレクサンドラ陛下とアレクシーナ殿下に不敬である。頭《ず》が高い！」

「エリル。あなたこそ口をつつしみなさい」

ピンクのドレスの女王が椅子から立ち上がり、叱責の声をあげる。二人ともアクセントにわずかな訛りがあるが、きれいな日本語の発音だ。

「世が世なら、裕也様こそマーハランド王国の国王であらせられたのですよ」

そのまま女王は前へ進み、正座する裕也の前にひざまずいた。あらわな胸の谷間から甘

い香りが立ち昇り、裕也の鼻腔をくすぐる。

目の前でほがらかな笑みが咲き誇り、澄んだ声音があふれた。

「はじめまして、裕也様。どうぞ、お楽にしてください。わたくしはアレクサンドラ・ヴィル・マーハ。お気軽にサンドラと呼んでもらってけっこうです」

「えーと、サンドラさん」

今度は背後から、母親の叱責が飛んできた。

「だめよ、裕也。サンドラ陛下とお呼びするのよ。きちんとご挨拶をして」

裕也は首をひねって母親の顔を見た。冗談を言っている顔ではなく、真剣な顔で息子と、美女をしっかりと見つめている。いっしょにいる父親は玄関で出迎えられたときからつづく困惑の顔だ。

裕也は顔を前へもどして、もう一度、相手の名を口にする。

「はじめまして、サンドラ陛下」

「はい、裕也様」

女王と呼ばれるサンドラの年齢は二十代なかばだろうか。

近くで見ると、明るい色あいの金の長い髪が、やわらかく波うっている。

色白の顔には、明るい緑色の瞳。高い鼻も、ふっくらした唇も、端正に整っていた。それでいて美人にありがちな冷たい感じはなく、優雅でおおらかな印象だ。

頭の黄金のティアラは、明るい色あいの金髪よりも濃い輝きを放つ。間近で見ると、とても手のこんだ精密な作りりで、ひと目で天才職人が精魂をこめたものだとわかる。

着ているものは上品な淡いピンクのロングドレス。まるで千葉県にある夢の国のパレードで見るような、リボンやレースがたっぷりとあしらわれて、ふわふわヒラヒラのゴージャスなドレスだ。

ただ夢の国のヒロインたちとは違い、ドレスの胸の部分が大きく開いている。おかげで豊満な乳房がよく見えた。雑誌のグラビアなら確実に『爆乳』と大きな文字で書かれる白い胸が盛り上がり、左右の乳球の間に刻まれた谷はどこまでも深い。

サンドラが右手で、背後の椅子に腰かけているもうひとりの美女を示した。

「あれは、わたくしの妹のアレクシーナ・ヴィル・マーハ」

左の椅子から立った美少女が、姉と同じように裕也の前に膝をつき、涼やかな微笑みを向けてくる。

「はじめまして、裕也くん。わたしのことは、シーナと呼んで」

「シーナ殿下よ！　殿下をつけて！」

また背後から母の忠告が飛んできた。父はあいかわらず困惑顔。

裕也は疑問を抱きながら、ていねいな口調をくずさなかった。

「はじめまして、シーナ殿下」

「受け入れてもらって感謝するわ、裕也くん」

シーナの年齢は十代後半だろう。

こちらも金髪だが、滝のように長く流れ落ちるストレート。

瞳は、沖の海のように深い青。姉と同じように端正な美貌だが、きりっとひきしまった印象は対照的。裕也が王女と聞いて頭に浮かぶ夢の国のアニメ映画のプリンセスたちとは、かなりイメージが違う。

頭には精緻な銀のティアラ。

ロングドレスは真珠を思わせる光沢のある白で、サンドラに比べて装飾は少なめだ。胸元はやはり大きく開いて、前にせり出す乳房の肌を見せつける。バストサイズは姉よりも少し小さいが、堂々たる巨乳だ。

サンドラがさらに自分の背後に立つメイドを示した。

「あれは、わたくしたちのお付きのメイド長のエリルです」

「はじめまして、エリルさん」

裕也が言葉をかけると、メイドは右手の旗竿を支えたまま頭を下げる。

「エリルでけっこうです。自分は裕也殿と呼ばせていただきます」

「でも、会ったばかりなのに、呼び捨てなんて」

「メイドは呼び捨てにするものです。ましてや裕也殿はサンドラ陛下にとって重要な御方ですから」

そう告げる間も、ていねいな口調とは裏腹に、手前の二人とは対照的な値踏みをするような視線を裕也へ向けてくる。

エリルは二十歳くらいだろうか。栗色の髪を肩できれいに切りそろえて、頭にメイドキャップをのせている。瞳も同じ栗色。

漫画やゲームで培われた裕也のイメージでは、メイドはいつもニコニコしているやさしいお姉さんだが、かわいいキャップの下のエリルの顔つきは、美しき格闘家という雰囲気だ。吊り上がった眉は凛として力強く、切れ長の眼光鋭い目も裕也の隙を探っているように思える。

明るいブルーの服は半袖で、膝までのミニスカート。その上に、これまたかわいい白いエプロンドレスをつけている。脚にも、さらにかわいい白いニーソックス。

エリル本人と身につけている衣装はミスマッチだが、それが不思議と魅力的に見えた。

裕也は目の前の二人と、奥のメイドへ交互に視線を走らせてから、ようやく口を開いた。

「あの、それで、サンドラ陛下。これはどういう仮装パーティーなんですか？」

「裕也、なに言ってるの！」

あわてる母親を、サンドラが笑顔で制した。

「お母様はご心配なく。わたくしが裕也様に説明します。なるほど、地球の人がそう思われるのは無理からぬことでしょう」

「地球人と言われても」

「しかしながら仮装パーティーなどではありません。わたくしと妹とメイドは異世界にあるマーハランド王国の者です。本日、異世界から日本へ到着しました」

「そういう設定の仮装なんだ。元ネタがなんだか知らないけど、どうしてぼくの家でやってるんですか？」

サンドラの背後で、室内で風もないのに、紅白二輪の薔薇の旗がバサリと音をたててなびいた。旗竿を握るメイドのエリルが鋭い瞳で裕也をにらみつけて、またけわしい声をあげる。

「アレクサンドラ陛下のお言葉が信じられぬと言うのか！」

裕也は思わず身を縮こまらせた。今にもエリルが旗竿を槍のように構えて、とがった先端を喉に突きつけてきそうに思える。

裕也の全身を包むヒヤリと冷たい空気を、サンドラがほがらかな笑顔で暖かく溶かした。

「もう、エリルったら。いちいち文句をつけないの。話が進まないでしょう」

「申し訳ありません、陛下。出過ぎたまねをしました」

エリルが頭を垂れると、サンドラは再び裕也へ語りかける。

「わたくしたちが異世界から来たという証拠を、お見せしましょう」

サンドラが右手をひらりと動かすと、いきなり手に棒状の物体が出現した。サイズはバトントワリングに使うバトンと同じだが、色はピンクで、一方の先端に鮮やかな黄色い薔薇の花を模した装飾が咲いている。

「マジックですか？」

裕也の口を衝いた言葉に、サンドラがうなずく。

「いかにもマジックです。地球では、マジックには二通りの意味があると聞きます。ひとつは仕掛けを使った手品。でもわたくしが使うマジックは、もうひとつの意味の、正真正銘の魔法なのですよ」

サンドラが黄薔薇のバトンをひと振りすると、その動きに合わせて周囲に黄色い花びらがいくつも現れて、ヒラヒラと舞って消えた。

美しいショーに見とれる裕也の身体が、正座の姿勢のまま、畳を離れて空中に浮かび上がった。

「えっ、えええええっ！」

床から一メートル半ほどの高さで静止した裕也は、反射的に手足をわたわたと動かした。どこを探っても、指にも、足先にも、なにも触れない。そもそも自分の身体を支えるなにかが触れている感覚がなかった。それなのに身体は空中にとどまっている。

「なにこれっ⁉　どうなってるんだ⁉」

「マーハランドは魔法の王国です。現在の地球では、魔法は廃れてほとんど使われないと聞きますが、マーハランド王国の者の多くは魔法を使えます」

「もちろん、わたしも魔法を使えるわ」

シーナの右手にもバトンが出現した。バトンの棒の部分はドレスと同じ光沢のある白で、先端に銀色の五角の星がきらめいている。

銀星のバトンがひと振りされると、星の軌道に沿ってキラキラした輝きが生まれて消える。シーナの背後にある二脚の椅子がふわりと浮かび上がり、空中にいる裕也の周囲をまわりはじめた。

いよいよ夢の国のアニメみたいな光景を目にして、裕也は驚きの声を歓声に昇華させる。

「すごい！　本当に魔法だ！」

「そんなに大きな声を出さなくてもいいわ。これくらいはマーハランド王国では小さな子供の遊びよ。これで異世界の魔法の王国から来たということを納得したでしょう」

裕也は空中でコクコクとうなずいた。身をもって体験しても信じ難いが、概念は理解できた。漫画やゲームでそういう異世界の設定には慣れていたおかげだ。

しかし、魔法の王国の女王の口から告げられた次の言葉は、裕也の理解を超越した。

「その異世界のマーハランド王国から塚森家へ、わたくしたちは亡命してきました」

「ぼ、亡命っ⁉」

異世界や魔法という言葉よりも亡命のほうがリアリティがない。裕也は椅子とともに空中にふわふわ浮いたまま、問いただした。

「亡命って、どうして、うちに⁉　そういうのは、えーと、日本政府とか、外務省とか、そういうところに行くものなんじゃ？」

「先ほど塚森家のお母様とお話ししたところでは、裕也様はご存じないようですが、裕也様の母方の曾祖母様はマーハランド王国の女王であった御方です」

「そんな馬鹿な！　ありえない！　うわっ！」

どんな仕組みなのか、裕也の驚きに合わせて、裕也の身体が前まわりで一回転した。頭が畳を向き、またもとの位置にもどる。

「ご覧ください」

サンドラが薔薇のバトンを振り、黄色い花びらを散らすと、居間の光景が一変した。

裕也が生まれたときから見慣れている和室が消えて、見たこともない部屋に裕也とサンドラはいた。

部屋全体が、木材でも、石でも、金属や合成樹脂でもない、未知の材質でできた広い空間に、大勢の男女が集っている。女たちは全員がサンドラやシーナと同じロングドレス。男たちも歴史映画に出てくるヨーロッパの貴族を思わせる服装だ。

人々の中心には、ひときわゴージャスなドレスを着た若い美女が立っていた。流れる金髪に縁どられた顔は、強い意志がまばゆいほどに輝いている。頭上にはきらびやかな黄金製の王冠が光っているが、本人の美貌のほうがはるかに人の視線を引いた。

サンドラが声に強いあこがれをにじませて語った。

「あの御方こそマーハランドの偉大なる救国の女王メリンダ・エメル・マーハ陛下。この後に裕也様の曾祖母になられる御方です」

「どういうこと⁉　この光景はなに⁉」

「ここは過去のマーハランド王宮の一室です。わたくしたちはマーハランド王家の記録魔法の中にいます。地球では立体映画と呼ばれているそうですが」

「３Ｄ映画よりも、はるかにすごいよ」

裕也は右手を伸ばして、すぐそばにあるテーブルに触れてみた。映画と聞いて、当然触ることはできずに、指が通り抜けると予想していた。しかし指に堅いものが当たる。体重をかけてみると、自分の身体をテーブルが支えた。

「触れる！　これは映像じゃないの⁉」

「もちろん、触れますよ。地球の映画は違うのですか」

「えーと」

裕也が返す言葉をなくしている間に、メリンダ女王が美しい声を部屋に響かせた。

「今より出撃します！　皆さん、この後のマーハランド王国をよろしくお願いします！」

部屋にいる全員が両手の指を、自身の胸の前で堅く組んだ。メリンダ女王へ祈りを捧げているようにも、強く激励しているようにも見える。

メリンダ女王の右手に、真紅のバトンが現れた。先端には黄金の太陽が光を放っている。バトンを一回転させると、メリンダ女王の背中から黄金色に光る大きな翼が左右に広がった。部屋全体が熱を帯びた光に照らされ、裕也も全身に温かさを感じた。

光の翼が羽ばたき、メリンダ女王は強い熱風を巻き起こして、部屋のテラスから外へ猛然と飛び出していく。

「あっ！」

裕也の身体もひとりでに前へ動きだした。手足を動かしていないのに、メリンダ女王の後を追って、猛スピードでサンドラといっしょにテラスから外へ出る。正面から強風が全身にぶつかり、つい目を閉じてしまった。

まぶたを開くと、想像を絶する光景が広がっている。

ついさっきまで裕也たちがいた部屋は、高い塔の先端にある部屋だった。テラスから飛び出した裕也は、空中高くに浮いている。足下にはヨーロッパ風の豪華絢爛な大宮殿の建物と庭園がある。王宮の広大な敷地の外には、いくつもの道路が放射状に広がり、さまざまな建築物が並んでいる。

間違いなく大都市だが、宮殿も街並もどこかアミューズメントパークの施設のような印象だ。道路を派手なフロートや楽団を連ねたパレードが進んでいても違和感がない。

頭上は爽快な青空。ところどころに白い雲が浮かび、太陽が燦々と照っている。

それだけなら魔法の王国という言葉にふさわしい、美しくものどかな光景だ。

しかし空中のメリンダ女王が見つめる先にあるもの、いや、いるものが、夢の国のすてきな調和を禍々しく破壊している。

裕也は無意識に、それの名称を口にしていた。

「あれはドラゴン⁉」

黄金色に輝く翼を広げるメリンダ女王に対峙して、青空にジャンボジェット機ほどもあろうかという黒い巨体が浮かんでいる。

巨体の前後には、長く伸びる首と尾。胴体の下の四本の脚。青空を覆う二枚の翼。

その形状は間違いなく、さまざまなメディアで見るドラゴンのもの。

しかし黒い巨躯の表面に、鱗や皮膚や毛といった生物らしいものがない。ドラゴンの肉体は闇そのものを凝り固めたように真っ黒で、体内を多数の青白い稲妻が縦横に走りまわってやむことがない。生物ではなく、ドラゴンの形をした黒い雷雲というべきかもしれない。

だが黒い頭には、二つの青白い眼球があり、蛇に似た縦長の真紅の瞳がメリンダ女王をにらみつけている。二つの眼には明確な意志が宿り、高い知性があるとわかった。

サンドラが美貌をこわばらせて、裕也へ告げた。

「あれこそこの時代に異世界より現れ、マーハランド王国を襲い、国土を焼きつくし、国民を滅ぼそうとした邪悪なるドラゴン。その名も忌まわしきダルハラクです」

「メリンダ女王は、あのバカでかいドラゴンとたったひとりで戦うつもりなのか⁉」

「しかたがないのです。ドラゴンは存在そのものがきわめて特異な魔法です。単純な魔法の強さや魔力の量ではなく、特別な質の魔法でなければ、ドラゴンに効果を与えることはできません。すなわちマーハランド王国の女王だけが、ドラゴンに対抗できる魔法を持っているのです」

「でも、あんなすごい怪物を倒せると思えない」

「そうです。英雄メリンダ陛下も、ダルハラクを倒すことはかないませんでした」

ダルハラクが口を大きく開いた。口内には牙も舌もない。体内に通じる咽喉の穴もない。ただ闇があり、中に稲妻が走るだけだ。

ドラゴンが口から炎かなにかを吐くのだ、と裕也は思った。

だが口ではなく、黒い全身の表面を突き破って数えきれない稲妻が飛び出し、メリンダ女王だけでなく、地上の都市へと降りそそいだ。

裕也の脳内に、メリンダ女王が一瞬で蒸発して、大都市も宮殿も焦土と化す映像がありありと浮かんだ。それほど奇怪なドラゴンが放った雷撃の豪雨は凄まじい。

想像が現実になる前に、メリンダ女王が太陽のバトンを高速で回転させる。

青空が割れた。

ダルハラクの背後の空が、銃弾で撃たれたガラスのように割れて、巨大な穴が開いた。ギザギザの境界線にかこまれた空の大穴の中は、晴天の青と対照的な夕焼け空の赤に染まっている。

メリンダ女王と都市へ向かった稲妻がすべてねじ曲がって、空へと上昇をはじめた。異変を知って背後へ首をよじるダルハラクの周囲を、稲妻が駆け抜けて、赤い穴へと吸いこまれていく。

大空に、ドラゴンの咆哮が轟き渡った。空気の震動に襲われて、裕也の肌がビリビリと震え、脳が揺さぶられる。

ダルハラクが轟然と放った大音声が、やがて裕也にも理解できる言葉に変化した。

「女王、なにをしおった！」

ドラゴンが放った耳を聾する怒号の中を、メリンダ女王の精悍な声音が矢のように貫いた。

「わたくしには、強大なあなたを滅ぼすことはできません。だからこそ、あなたを世界と世界の狭間に放逐します」

空の穴が前へ進み、ダルハラクに迫る。

「このようなもので、我を捕らえられると思うな！」

ドラゴンの黒い翼がはためき、地上の都市へ向かおうとする。だがメリンダ女王も黄金の翼をはためかせて、自らダルハラクの腹へ飛びこんだ。

「わたくし自身を、あなたを封じる閂《かんぬき》とします！」

ドラゴンの動きにブレーキがかかった。メリンダ女王がいかなる魔法を使っているのかはわからないが、黒い巨体が停止する。翼が羽ばたき、四肢が空を掻き、尾がのたうっても、その位置を離れることができない。

うなるダルハラクの全身から新たな稲妻が放たれるが、すべて背後の赤い穴に呑みこまれていく。

空の穴は稲妻を喰いながら進み、ドラゴンの翼に触れた。ダルハラクが最大の咆哮を放って暴れるが、赤い穴は容赦なく黒い巨躯を呑みこんでいく。

ほんの数分で、ダルハラクが海に沈むように、完全に空の向こうに落ちこんだ。逆さまになった胴体の一点に、黄金の翼の瞬きが見える。

「メリンダ女王が、ドラゴンといっしょに！」

裕也の叫びが終わる前に、割れた空がビデオの逆再生映像のようにもとにもどった。ドラゴンとメリンダ女王の姿が消えた以外は、なにも変わらない蒼天が復活している。

「そうです。メリンダ陛下は自らが開いた世界の狭間に通じる穴に、ダルハラクを道連れにして飛びこまれて、二度と帰還されませんでした。メリンダ陛下はマーハランド王国を救って、消息を絶たれたのです。後に魔法の記録の断片だけが、マーハランド王国に届きました。それをご覧ください」

　周囲の光景が、また一変した。

　裕也とサンドラは波打ちぎわの砂浜に立っていた。過去の記録だというのに、寄せては返す波で二人の足がしっかりと濡れる。

　目の前には、メリンダ女王が砂の上にドレスの裾を丸く広げて座って、茫洋とした顔つきで遠くをながめていた。口を動かしていないのに、どこからともなくテレビのナレーションのように声が聞こえる。

「この記録が故郷の人々に届くことがあれば、とても幸運です。世界の狭間にダルハラクを閉じこめたまま、わたくしだけが見知らぬ世界に出ました。もはやわたくしの魔法では、マーハランド王国へ帰還する道を開くことは不可能でしょう。ここがどこなのかはわかりませんが、あの美しい山をながめていると、とてもよい世界だと信じられます」

　マーハランド王国を救った英雄は、右手をあげて遠くの風景を指さした。

　指と視線の先には、誰もが見入らずにはいられない、優美かつ力強い姿の山がそびえている。日本人なら見間違えようがない絶景だ。

「富士山！　ここは静岡の海岸なんだ！」

「マーハランド王国にもたらされた魔法の記録は、これだけです」

サンドラが告げた直後に、富士山もメリンダ女王も消失した。

裕也は自宅の居間に立っていた。浮いていた両足は、しっかりと畳を踏みしめている。いっしょに空中浮遊をしていた二脚の椅子は、サンドラとシーナの背後のもとの位置に納まっていた。

「マーハランド王国は懸命にメリンダ陛下の行方を探りました。ようやく記録が送られてきた場所を発見して、捜索隊を派遣したときには、メリンダ陛下は崩御されていたのです。そのかわりメリンダ陛下はその世界の男性とご結婚されて、子供を産んでおられました。それ以来、マーハランド王国宮廷はメリンダ陛下の子孫が成人されたときに、連絡を取ってきました。それゆえ裕也様のお母様は、マーハランド王国のことをご存じなのです」

裕也は思わず背後をふりかえり、居間の入口から覗いている両親へ叫んだ。

「母さんは知っていたの？　自分が魔法の王国の女王の孫だって」

どこからどう見ても平凡なサラリーマンの妻で、ありきたりの専業主婦である母親は、にっこりと笑顔を息子へ返した。

「二十歳の誕生日のときに、そのときのマーハランド王国の女王陛下が直々に訪問してくださったのよ」

「父さんは知ってた？」

父親は緊張した顔を左右に振った。

「今日、はじめて聞いた。今も信じられん」

「裕也様、まだこれから重要な話があります」

サンドラに声をかけられて、裕也は前へ向き直る。

「メリンダ陛下の失踪によって、それまでマーハランド王国の女王を務めてきたエメル・マーハ家が絶え、その後は傍系のヴィル・マーハ家、つまり、わたくしの家が王家に就きました。今は、わたくしが女王を務めていたのですが、もうひとつの傍系であるフルル・マーハ家が戦争をしかけてきたのです。きわめて残念なことにヴィル・マーハ家は敗北して、王家の座を奪われました。そうしてわたくしとシーナとエリルは、塚森家に亡命してきたのです」

「それじゃサンドラ陛下たちは、マーハランド王国から追放されたんだ？　これからずっとこの家にいるんですか？」

「そんなことは絶対にないわ！」

シーナの激した声が居間だけでなく廊下へまで響き、裕也と両親の耳を強烈に打った。

プリンセスが立ち上がり、銀星のバトンを剣のごとく裕也へ突きつける。

「今もわがヴィル・マーハ家の兵隊たちが、フルル・マーハ家に逆襲しているわ。この戦争に勝利した暁には、姉上とわたしは王宮へ凱旋するのよ」

「今も戦争をしてるんですか⁉」

「わたしたちの世界では、王位をめぐる争いは、両者の軍隊同士が既定の回数の合戦をして、勝利数が多いほうが王位に就くのよ。ヴィル・マーハ家は敗北数が多くて、フルル・マーハ家に王位を奪われた。けれども元国王には、一度だけ再挑戦の戦争をする権利を与えられているわ」

「戦争の再挑戦……」

裕也はついさっき体験したメリンダ女王とドラゴンとの戦いを思い起こした。あの強烈な魔法が人間同士の戦いに使われたならば、どれほど凄惨な被害が出るだろうか。そんな戦争が今も行われていると思うと、戦慄が顔に表れた。

シーナの青い瞳に、厳しい色が輝いた。

「この日本という国は、長い年月、戦争を体験していないと聞いたわ。平和しか知らない裕也くんに、わが勇猛果敢なる兵隊たちの激闘を見せてあげる！」

「いや、戦争なんて、見せてもらわなくても」

シーナが銀星のバトンを振った途端、また室内が変貌する。さっき見たマーハランド王宮の広い庭園を見下ろす建物の屋上に、裕也とシーナが立っていた。

「なんだ、あれ⁉」

眼下の庭では、青々とした芝生を、不思議なものが埋めつくしていた。

熊の大群だ。

正しくは、かわいい小熊のぬいぐるみの大群。子供が抱いて遊ぶのにふさわしいサイズのテディベア。

大量のテディベアは、二色の勢力に分かれている。

一方はピンクの体色。それも淡くて上品なピンクで、ちょうどサンドラ女王のドレスと同じ色あいだ。

もう一方は黒いテディベア。こちらのほうが、かわいいながらもより熊らしい。

ピンクと黒のすべてのテディベアたちは、胸に大きめの四つ穴ボタンがあり、おしゃれなアクセントに見えた。

テディベアたちはいずれも後ろ足で人間のように立ち、右手には棍棒を持ち、左手には盾を持っている。ピンクの熊が持つ盾には、赤と白の二輪の薔薇が描かれている。メイドのエリルが持つ旗の紋章と同じものだ。黒い熊の盾には、白い三日月が描いてあった。

ぬいぐるみならではの指のない手に、棒や盾がくっついているのも不思議だが、テディベアたちが自立して動き、右手で棒を振りまわして、ピンク対黒で戦っているのは不思議すぎる光景だ。

紋章入りの盾は硬そうな木製だが、棒のほうはウレタンのような材質で、見るからにやわらかそう。実際に、棒が熊のかわいい顔面に振り下ろされても、ポフッ、というかわいい音が鳴るだけ。

　ポカポカとやわらかい棒でたたき合うテディベアの集団を見下ろして、裕也はプリンセスへ向けて当然の質問をした。

「もしかして、これが戦争？」

「もちろん、そうよ。これこそマーハランド王国だけでなく、この世界の伝統の戦争のやり方だわ。魔法で動かす兵隊を戦わせるのよ」

　裕也は死者の出る戦争ではないことに胸をなで下ろし、もうひとつの疑問を口にする。

「この戦いはどうなったら勝敗がつくんだろう。あっ、飛んだ！」

　たまたま裕也の視線の焦点が合っていた黒いテディベアの胸の四つ穴ボタンに、ピンクのテディベアが振りまわす棒の先端が当たった。途端に黒いテディベアが地面から浮いて、ロケットのように飛び上がり、空中でカーブを描いてどこかへすっ飛んでいく。

　別の場所からは、二頭のピンクのテディベアが反対方向へ飛んでいった。

「なにが起きてるんだ⁉」

「見ての通りよ。合戦の終了時刻に残っている兵隊が多いほうが、今回の勝利者よ」

「ひょっとしてサンドラ陛下とシーナ殿下が王宮を追い出されて、ぼくの家に亡命してきたのは、この小熊のぬいぐるみのたたき合いに負けたから？」

「もっと他にも合戦の種類はいろいろあるけれど、すべて魔法で動かす兵隊が戦うわ。合戦の総合戦績でヴィル・マーハ家が勝《まさ》れば、王宮に帰還できるわ」

バトンを握るプリンセスの五本の指にギリリと力が入り、もともと凛々しい眉がキュッと吊り上がった。

「いいえ、帰還できるなどという希望的観測ではなく、わたしは宣言するわ。絶対に王宮に帰還してみせる！　今は王座で踏ん反りかえっているフルル・マーハ家を、必ず追い落とすのよ！」

王女シーナの峻厳な表情と苛烈な決意の言葉と、眼下のぬいぐるみの熊たちののどかな競技というか遊戯との落差に、裕也はついつい唇の端がゆるんでしまった。

途端にシーナから鋭い視線と言葉が飛んでくる。

「裕也は笑っているのかしら。これはマーハランド王国全体の命運を決める戦いなのよ」

「いや、笑ってない！　笑ってないよ！　これはたいへんだと思ってるから！」

裕也の弁明の言葉とともに、裕也とプリンセスは居間にもどった。

同時に、裕也の母がほがらかな声音で宣告した。

「というわけで、この家はヴィル・マーハ王家の臨時王宮になるから、母さんと父さんは用意したマンションに移るわね。裕也はサンドラ陛下とシーナ殿下のお供として、しっかりお仕えするのよ」

「えええええええええええええええええっっ!?」

裕也の叫びが、居間から廊下へ流れていった。

＊

裕也は二階にある自分の部屋でパジャマに着替えると、自分で敷いた布団の上にあぐらをかいて、大きく息をついた。

今日の帰宅後のできごとが、走馬燈のごとく脳内を駆けめぐる。

夕食は塚森家のダイニングキッチンで、メイドのエリルが裕也の母とともに作った。エリルははじめてのキッチンの使い方をたちどころに習得した、と母は感嘆していた。

塚森家の親子三人とヴィル・マーハ家の姉妹とメイド三人で、ひとつのテーブルをかこんで日本の家庭の食材で作られた夕食を取った。

食事の後に、両親は本当に家を出ていった。教えられた住所は、となり町の高級マンションョン。サンドラから渡された宝石を換金すれば、賃貸料の何年分にもなるという。

風呂は最初にサンドラとシーナが入り、次に裕也が入った。メイドは最後に浴室を使うのだ、と女王とプリンセス、そしてエリル自身も当然のように言った。

サンドラとシーナは一階の両親の寝室を使い、エリルは一階の収納用の部屋に布団を敷いた。裕也だけが二階だ。

今は午後十一時過ぎ。裕也はあらためて自分の部屋を見まわした。ＬＥＤ照明に照らされた六畳間の室内は、今朝、高校へ行く前となにも変わっていない。

しかし裕也の部屋以外の塚森家の中は、マーハランド王国のもので飾られていた。

裕也が最初に見た紅白二輪の薔薇の旗は、そのまま居間の壁かけになった。他の部屋にも、廊下にも、エリルが次々と立派な額に入った肖像画や風景画、あるいは手の込んだタペストリーをかけた。さらにエリルは豪華な彫刻や壺などをあちこちに設置した。どれもマーハランド王宮から持ち出したヴィル・マーハ家の所有物だという。

裕也にとって不思議なのは、エリルがどこから装飾品や美術品を出しているのか、わからないことだった。さっきまで手になにも持っていなかったのに、気がつくと大きな絵を両手にかかえている。

「その絵は、どこから出したんですか？」

と、裕也がたずねても、エリルはむすっとした顔のまま。

「王家のメイドのたしなみです」

と、答えるだけだった。

突然すぎるあわただしい一日が終わった今、あらためて自分の部屋にひとりきりになると、家に両親がいなくて、メイドと女王様とプリンセスがいるという異常な状況をひしひしと感じた。そして何度もいだいた疑問が、また意識に上る。

（どうして母さんたちは、ぼくだけを残して出ていったんだろう）

もちろん、両親が出ていく前に何回もたずねた。でも、二人は、そのうちわかるから、と答えるだけだった。

（ぼくよりも母さんがいたほうが、女王様たちもなにかと便利なのに）

ふいにドアが小さくノックされた。

「裕也様。開けてください」

「サンドラ陛下？　どうしたんですか、あっ……」

ドアを開いた裕也の身体が、右手にノブを握ったまま固まった。

目の前に女王が立っている。廊下は照明を消してあり、暗い中に立つサンドラの美貌はいっそうまばゆく光った。

しかし裕也を硬直させたのは女王の顔ではなく、身体のほう。一瞬後に、裕也の脳内で警報が鳴り響く。

（まずいっ！）

あわてて思いっきり顔を逸らして、暗い廊下の天井を見つめた。

「裕也様、天井を見上げてどうなさいました？」

上げた顎にかけられた女王の言葉に、裕也はしどろもどろで答える。

「あの、サンドラ陛下、その格好は」

「王宮から持ってきた寝衣ですわ。ドレスで眠るわけにはいきませんもの」

「そうでも、その格好はまずいよ」

天井を見つめつづける裕也の前で、サンドラが鷹揚に微笑んだ。

「あらあら。心配も遠慮もいりませんわ。裕也様にご覧になっていただくために、この寝衣を着たのですから」

サンドラがドアの敷居をまたいで、裕也の部屋に入った。押されるように裕也は二歩三歩と後退してしまう。

「マーハランド王国の女王が願います。どうぞ、顔を下げて、わたくしを見てくださいませ」

「女王様がそこまで言われるのなら」

(正面からじろじろ見ても、本当に怒られないよな)

自分を納得させて、裕也は顔を下ろして、サンドラの身体をまじまじと見つめた。

サンドラが着ているのは、ドレスと同じピンクのネグリジェ。首のまわりから足首まですっぽりと包むタイプで、袖も手首まである。胸の部分が大きく開いたロングドレスよりも露出は少ないデザインだ。

しかし生地が薄い。ドレスよりもさらに淡いピンクの布を透かして、サンドラの肉体が見える。

ピンクのネグリジェの内側の胴体は、ピンクのブラジャーとショーツだけしかつけていない。形は、現在の日本の女性の下着と同じ。グラビアなどでモデルがつける面積の小さなセクシーさ強調するタイプではなく、上下ともにフリルをたっぷりとあしらった愛らしいデザインだ。

しかし布の面積など、今の裕也には問題ではなかった。

裕也は正真正銘の童貞だ。

ファーストキスもまだ。けっして女子に嫌われているわけではないが、彼女がいたことはない。

当然ながら、下着姿の女を肉眼で見るのは今がはじめて。写真や映像ではもっときわどいセクシーランジェリーを何度も目にしているが、生命を持った肉体の迫力とは比べものにならなかった。

ロングドレスを着ていたとき以上にサンドラ女王のプロポーションが、薄いピンクの布を透かして、はっきりと見える。

女王陛下は大人の女らしいまろやかな体格だった。一部のモデルやアイドルのような華奢な肉づきではなく、丸みを帯びてしっかりとメリハリのある、健康的な女体だ。

なめらかにくびれたウエストも、たっぷりとした量感の腰まわりや太腿も、まさに女の魅力を凝縮している。

しかし裕也の熱い視線を最大限に引きつけているのは、サンドラの胸だった。ネグリジェの半透明の薄布を高く押し上げる乳房は、しっかりとピンクのブラジャーのカップに包まれている。とはいえ豊満爆乳のふっくらした肌は、たっぷりとあふれて、一度でもジャンプすればカップから飛び出しそうだ。

見つめれば見つめるほどに大迫力で圧倒される雄大な乳房だが、サンドラの全体的にボリュームを感じさせる体格のおかげで、アンバランスな印象はない。

じっと胸のふくらみを観賞している間にも、サンドラは前へ進み出てくる。裕也はどうしてよいのかわからずに、背後へ退却して、気がつけば布団の上に誘導されていた。

「裕也様、お座りください」

サンドラの両手が裕也の肩に乗り、やさしく押した。操られるように布団に正座する裕也の前に、サンドラもまた正座をして向かい合った。

今もついついピンクのブラジャーに目が行く裕也の顔を、女王は正面から緑の瞳で見すえる。

「今まで話せなかった重要な話があります」

本当に今までにない真摯な語気に、裕也は爆乳から視線を上げた。顔を上げても大きすぎるバストはチラチラと視界に入ってしまう。

「マーハランド王国で行われているヴィル・マーハ家とフルル・マーハ家の戦争について

です。この戦争の決着には、裕也様の協力が重要なのです。わたくしたちヴィル・マーハ家が勝利して、王座を奪還するには、裕也様の御力添えが必要不可欠です」

「……もしかして、ぼくにも戦争に参加しろということですか？　ピンクの熊のぬいぐるみたちといっしょに、黒い熊のぬいぐるみと戦うんですか？　あの中に入っても、たいしたケガはしないとは思うけど」

「いいえ。熊の兵隊の戦いに人が加わることは、厳格なルールにより許されません。違反すれば、マーハランド王国がある世界の戦争を監督する神聖審判団から罰を下されます」

「よかった」

「熊の兵隊を動かしているのは、わたくしと妹の魔力です。わたくしたち姉妹の魔力が世界を超えて、兵隊に送られて、マーハランド王国で戦っているのです。わたくしたちの魔力が強くなれば、兵隊も強くなります。そのために裕也様の協力が必要です！」

きっぱりと告げるサンドラの胸が、わずかに揺れる。裕也は視線を落としてたずねた。

「えーと、つまり、ぼくはなにをすればいいんですか？」

女王陛下はまるで国の一大事を国民に宣告するかのごとく、おごそかな声音で断言した。

「わたくしとセックスしてください！」

「…………………」

裕也は自分の耳に入ってきた言葉が信じられずに、しばらく無言になってしまった。

「…………えっ？」

大真面目な顔でサンドラのほうが聞き返した。

「わたくしの言葉は魔法で日本語に翻訳しているのですが、セックスという単語が間違っているでしょうか？　裕也様がわたくしと男と女の肉体関係になるという意味のことを表現したいのですが」

「意味は合ってます！　そういうことではなくて、その、ぼくがサンドラ陛下とそういうことをするなんて、どうして⁉」

「メリンダ・エメル・マーハ陛下は、歴代の女王のなかで最高クラスの魔力を持つ御方でした。その魔力を、裕也様は受け継がれています。ただマーハランド人と違って、裕也様の御身体には魔力を魔法として発現させるシステムが備わっていないので、魔力は一生使われることなく、眠っているだけでしょう。裕也様とセックスをすることで、すばらしい魔力をわたくしに譲っていただけます」

「え――、その、あの、ええ――」

「わたくしとセックスするのは、いやですか」

「いや、陛下は魅力的だけど……」

（初体験がこういうのって……）

裕也にも男のロマンがある。今は好きな女の子はいないが、そのうちすてきな出会いがあるだろう。そしてそのうち何回もデートをする。そしてそしてそのうちファーストキスをする。そしてそしてそして、それなりにロマンチックな場所で、童貞を喪失する。相手は処女でなくてもいいと思う。なんなら年上のおねえさんでもいい。

（とにかく、ぼくが望んでいた初体験はこんなのじゃない。今日出会ったばかりの女の人と初体験なんて、おかしい！　おかしすぎる！）

「陛下、ぼくは、あ」

裕也の顔が、左右から女王の両手でつかまれて固定された。サンドラが正座の姿勢のまますばやくにじり寄って、膝と膝が触れると、すかさず美貌が迫ってくる。

サンドラの手を振りほどくひまも、自分の手でサンドラを押し返す間もなく、唇に唇が触れた。そのまま強く密着していく。

「んんんっ！」

顔からサンドラの手が離れても、裕也はファーストキスから逃れようとしなかった。

（これがキス！　女の人の唇！　すごくやわらかくて気持ちいいっ！）

女王の両手がパジャマの肩をつかむとともに、裕也の両手が無意識にサンドラの背中にまわり、強く抱きしめる。半透明の薄い布を透して、指と手のひらに大人の女の肌をしっかりと感じた。

サンドラの手もパジャマの表面を滑り下りて、裕也の背中を抱いた。

キスをしたまま裕也とサンドラは抱き合う。裕也の胸で女王の爆乳がつぶれて、平らに広がった。

裕也は布越しに乳房の圧力を感じて、もともと昂っていた心臓の鼓動が、一気に加速した。高揚する裕也の唇にぬるぬるした温かいものが挿しこまれて、前歯の列をなぞられる。

(舌だ！　サンドラ陛下が舌を入れてきてるっ！)

前歯を開いて、女王の舌を受け入れ、自分の舌と触れさせた。まるで見知らぬ生物の触手のごとく、舌が舌にからみついてくる。大人の女らしい大胆な舌づかいに翻弄されて、裕也の脳がぐらぐらと煮立つ。

(気持ちいい！　キスって、こんなに気持ちいいんだ！)

ふいにキスが終わった。裕也の口内から舌が引き抜かれ、唇が離れていく。

「あ」

と、未練の声を洩らす裕也の胸から、乳房も離れる。つぶれていたバストがもとの形にもどって、艶めかしく揺れる。

サンドラが瞳を潤ませて、じっと裕也の顔を見つめる。

「わたくしとセックスをしてくださいますか」

「はいっ！」

ほとんど同時に、裕也は上ずった声で返答していた。キスの前の堅い男の決意など、完全に雲散霧消して、燃え盛る男の欲望に突き動かされている。

「サンドラ陛下とセックスしたいです！」

「感謝いたします、裕也様」

女王が艶然たる笑顔を見せるとともに、それもまた魔法なのか、ピンクのネグリジェがひとりでに上半身を滑り落ちた。

裕也の前から薄い布が消えて、果物の皮を剥いたように、色白の肌が現れる。今まで直接は見えなかった肩や腹のなめらかな輝きが、裕也の目を射た。

裕也の視線は、あらわになったピンクのブラジャーに集中する。サンドラは大きく張ったブラジャーのカップを、裕也へ向かって突き出した。

「裕也様の手で取ってください」

返事する間も惜しくて、裕也は無言のまま両手でブラジャーの左右のカップをつかんだ。またもや魔法なのか、背中のストラップが自然にはずれて、簡単に胸から離れた。

どっ！　と乳房があふれる。

ブラジャーから解放された乳房が、実際に増量するわけがない。しかし両手にカップを握ったままの裕也の目には、バストサイズがひとまわり大きくなったように映った。

サンドラの胸は自身の重量でやや位置が下がっているが、きれいな球体だ。

白い乳球の先端には淡い桜色の乳輪が咲き、中心から乳首が突き出している。肉筒のサ

イズは、小指の第一関節の先ほどもあった、
裕也は生まれてはじめて実物の乳首を見るが、それでもはっきりとわかった。

「乳首が大きい！」

つい口に出してから、しまった、と思う。

「すみません。変なことを言って」

「いいえ。変なことではありませんわ。乳首が大きいのは、わたくしの魅力だと自負しています」

サンドラは自分の手で下から乳房をすくい上げて、両手の人差し指で、左右の乳首をこすってみせた。指に押されて、桜色の先端がくねくねと上下左右に動く。自慰じみた行為を見せられて、裕也はますます身体が熱せられた。

「裕也様の言葉はうれしい称賛です。どうぞ、ご存分にわたくしの胸を味わってください」

裕也の手からブラジャーが離れて、二人が正座してつき合わせる膝の上に落ちた。前に出した十本の指が、左右の乳房を握る。男子高校生の手にはまったく収まらない乳球に、指が埋まった。

（すっごくやわらかい！）

指から伝わる驚嘆と感動が、裕也の身も心も埋めつくす。はじめて知る女の胸は、よく知っている男の肉体とはまったく違う感触だ。とても同じ人類とは思えない。

自分の指につかまれて、きれいな球体がくにゃりと形を変えている姿が、たまらなく艶めかしく愛らしい。

触覚と視覚だけでなく、すぐに聴覚も刺激される。つかんだ爆乳を凝視する裕也の耳に、甘い音色が聞こえた。

「あぁあ」

ハッと顔を上げると、サンドラの輝く緑眼と目が合った。瞳はじっとりと濡れて、熱い視線をそそいでくる。

「ごめん。痛いですか」

「いいえ。すてきな心地よさです。裕也様に胸を握られて、感じてしまいますわ」

そう告げるサンドラの白い頬が、朱色に染まっている。これも裕也がはじめて見る女の表情だ。誘われるように両手の指が動き、乳肉を揉みこむ。女王の表情が蕩けるように変化して、開いた唇からさらに甘い声があふれた。

「あんっ！　あはあぁ」

「サンドラ陛下、あの」

溶けるような笑みが、女王の上気した美貌に浮かぶ。

「わたくしは胸が感じやすいんです」

その告白の言葉だけで、裕也の背筋がゾクゾクと痺れて、股間に熱い炎が燃える。

「いやらしい女だと思いますか」

「すてきです！」

「では、わたくしも裕也様の御身体に触ってもよろしいですね」

返事を待たずに、サンドラの両手が正座するパジャマのパンツの太腿に置かれた。十本の指と手のひらが上下左右に這いまわる。

「あぁあ、予想以上に裕也様の脚の筋肉はたくましいのですね」

裕也はスポーツに打ちこんでいるわけではないが、アウトドアは好きだ。おかげで身体は頑健だ、と説明することができなかった。生まれてはじめて女の手で太腿をなでられて、未知の快感が全身をすみずみまで駆けめぐり、まともな言葉を発することができない。

「はあぁ、陛下の手が、ああ」

サンドラの両手が両脚の付け根まで登った。そのままパジャマのパンツの上から股間をまさぐられるか、あるいはパンツの前開きから指を入れられるか、と裕也は期待する。だが、指はまた太腿を後退していく。

「あっ……」

裕也は未練の声だけを洩らした。直接的な願いを口にすると、この奇跡の時間が終わってしまう気がして、言葉にする勇気はなかった。

言葉にするかわりに、女王陛下の爆乳を揉むことに専念する。片手に余る女のシンボル

を下からすくい上げると、ずっしりした重さが手のひらにかかった。その重量が快感だ。重さがそのままサンドラの魅力になる。

指に力をこめると、乳房が変形して、乳肉が裕也へ向かってムリムリと搾り出される。

「はああ、いいです。裕也様、ギュッとしてください。もっとわたくしの胸をギュッとしてくださいませ」

一国の統治者らしい力のある語気に、小さい子供のような言葉づかいが混じるのが愛らしくも艶めかしい。

「はい、陛下」

女王の熱い命令に従って、裕也は指を握ってはゆるめる。握力を強くすると、サンドラはなにかをこらえているような顔つきになり、唇を強く閉じる。

指の力を抜くと、唇が少しだらしなく開いて、湿った喘ぎがこぼれ落ちる。

「んく、んん……」

指の動きに合わせて盛り上がる乳球の先端では、二つの大粒乳首がさらにピンッと勃ち上がり、フルフルと揺れて、裕也を誘う。

「はああ……」

誘惑のダンスに、すぐに乗せられた。裕也は自分の手で搾り出した右側の乳肉に、顔を強く押しつける。汗でしっとりとするやわらかい肌に、顔面が包まれる。唇に大粒乳首が当たり、特異な肌触りに驚嘆のうめきをあげさせられた。

「んんんっ！」

(本当に硬い！　本当に、女の乳首は快感で勃起するんだ！)

感銘を受けたまま、乳首を咥える。激しく吸い上げる。

「むっううんん！」

口の中に乳首だけでなく乳輪も、さらにその周囲の乳肉も流れこんできた。鼻と口をふさがれて息苦しいのも忘れて、舌で口内の乳首を舐める。

はじめて知る味が、舌の上に広がる。裕也が持つ言葉では表現できない味覚。男の本能を掘り起こす美味だ。

(これが女王陛下の味！)

本能に命じられるままに、懸命に乳首とまわりの乳肌を舐めまわす。

「はうっ、うんんん、乳首がとてもすてきに感じますう！」

サンドラの嬌声が一段と高くなり、裕也の太腿をなでまわしていた両手が、布越しに筋肉をキュッとつかんだ。正座した脚に乗る女王の豊かな尻が、くねくねとうねる。

「はああ、左の乳首も舐めてくださいませ」

サンドラの懇願の言葉がなくても、裕也は息を止めるのが限界になっていた。口から乳首を吐き出し、右胸から顔を離して、大きく息を吸う。

した。

「ぷはあっ！」

唾液に濡れそぼった桜色の肉筒が跳ねて、透明な雫が滴り落ち、サンドラの太腿を濡らした。

裕也は水泳選手さながらに息継ぎをして、左の乳房に飛びこむ。また鼻と口を柔肉でふさいだまま、口の中に乳首を吸い入れた。

「はむ、んっ、んううう……」

濡れた音をたてて、舌で乳首と乳輪をしゃぶりたてる。

「同時に！　両方を、同時に舐めてください！」

裕也は口から左胸を出して、聞き返した。

「両方って、どうやって？」

「わたくしの胸なら、押して寄せればできますわ」

「そうか！」

二つの乳房の先のほうを両手で寄せると、乳輪同士が触れ合い、唾液まみれのピンクの肉筒が並ぶ。不自然だが、たまらなく妖しい光景が出現した。自分がしゃぶる前よりも、乳首の高さも太さも増している様子が、はっきりと見て取れる。

(陛下は他の人にも、こうやってしてもらったことがあるのか)

自然と考えたが、サンドラに質問する気にはならなかった。口に出せば格好悪いと思う。

なにも言わずに居並ぶ肉柱を呑みこんだ。

二本の肉筒を上下の唇で強く挟み、舌先で舐めまわす。やっていることはさっきまでと同じだが、二つの乳首を同時にしゃぶっていると思うと、不思議な自信が湧いてくる。自分はものすごいことをしているのだ、と根拠のない優越感が股間をますます熱くした。

「はっんんん、いい……くっうんん……」

砂糖菓子のような声をあげるサンドラへ視線を向けると、うっとりと幸福感に浸った表情が見えた。セクシーで、扇情的で、とても幸せそうな笑顔が、裕也に視線を返してくる。

「あはああ、裕也様、わたくしの胸を愛してくださって感謝いたします。うんん、次はわたくしの女そのものを愛してくださいませ」

(女そのものって)

裕也は胸の中でくりかえした。日常で使ったことのない表現だが、意味はわかる。

(女そのものって！)

その言葉が女王陛下自身の口から出た衝撃と期待で、左右の乳首を口から出した。

汗と唾液で艶々と輝く爆乳の先端から、涎の糸を垂らしながら、サンドラは立ち上がった。腰にひっかかっていたピンクのネグリジェが、スルスルと足のまわりへ落ちる。

裕也は正座したまま。顔の前に、ピンクのショーツを穿いたサンドラの下腹部が来た。

半透明の薄布をなくして直接肉眼で見るショーツは、びっくりするほど身体に貼りついている。左右のむっちりした太腿の付け根に挟まれて、桃色の布がふっくらと曲面を描く。ふくらみの中心には、うっすらと縦の溝が走っているところまで見えた。

溝へじっと目を凝らす裕也へ、頭上から女王のお願いが降ってくる。

「どうぞ、脱がせてください」

「はいっ！」

裕也の両手の指がショーツのサイドをつかみ、一気に引き下ろした。サンドラが巧みに両足を動かして、自分で下着を抜き取る。

目の前に現れた恥丘は、ぴっちりと秘密の扉を閉ざしていた。女王の秘密を知るには、扉を開かなくてはならない。

なにも言われなくても、裕也は両手を差し出した。頭を熱くして、心をはやらせて、しかし壊れそうなものをあつかうようにそっと秘唇の左右に触れる。

慎重に開いた。

鮮やかな肉色の花が咲き誇る。花弁が女の蜜でしっとりと濡れて、みずみずしくきらめく。芳醇な香りもあふれて、鼻腔を濃密に染める。

（これが肉襞。これが膣の穴。これが）

肉花の上部に、丸い突起があった。

（これがクリトリス！　大きい！）

陰核のサイズは人によって違うということは、知識としてあったが、サンドラのは大きい印象だ。桃色に色づいた真珠はひとりでに包皮を剥いて、屹立している。

裕也の内心の驚きの声を聞き取ったように、サンドラが羞恥をにじませた声音で告げた。

「わたくしのクリトリスは大きいでしょう」

「恥ずかしいですが、これはマーハランド王国の女王の印でもあるのです」

「は、はい」

「ええっ⁉」

「わたくしたちの世界では、セックスによって魔力のやりとりができます。それゆえに魔法で国家を護る女王のクリトリスは、自然と大きくなってしまうのです」

女王自らの言葉を聞いても、裕也には信じ難いものがあった。とはいえ気にしていられない。指で広げたままの女性器に口を押しつけた。

口だけでなく鼻まで、濡れた肉襞に包まれる。芳香がいっそう濃厚になり、肺の細胞まで女王の色に染められそうだ。

舌を伸ばすと、肉襞と舌先がべっとりとからみ合い、豊潤な味覚に痺れる。乳首を咥えたときは汗の味を感じたが、女性器の味はまったく違う。本当に美味なのかはわからないが、裕也の本能が最高の味だと告げている。

渇いた犬が水にありついたように、裕也は夢中で舌を上下左右に動かした。ピチャピチャという音が奏でられ、裕也本人の鼓膜を打ち、サンドラの耳にも届く。

「はああ、気持ちいいです。裕也様、どうか、クリトリスを舐めてくださいませ」

直球すぎる懇願の言葉が、裕也の脳と心臓をわしづかみにする。すぐさま顔を女花の中から剥がして、顔を上げた。視界の大半をふさぐ二つの豊満乳房の向こうに、裕也を見下ろす女王陛下の尊顔がある。

年下の男から与えられる快楽への期待をありありと顔に表していながら、裕也を温かく包みこむような慈愛を感じさせる表情。まさに男にとって未知なる魔法の王国の支配者の顔だ。

裕也はあらためて正面に視線をもどすと、今まで舐めまわしていた肉襞が、千々に乱れて見えた。その上に、ピンクに色づく肉の大粒真珠がふるふるとひくついている。サンドラの美貌よりもさらに強く、陰核が悦びの刺激を待ちわびているのがわかった。

唇で挟んだ。

人体でもとくに鋭敏な唇に、勃起乳首に似た不思議な感触が伝わる。

「あひっ！」

高い嬌声とともに、サンドラの腰が大きく動いた。女粒が、唇の狭間から抜けてしまう。

裕也はあわてて両手で女王の尻をつかみ、逃がさないように固定した。

今度は舌を伸ばして、小さなキャンディを溶かすようにペロペロと舐めまわす。

「はっああ、うっんんん！　裕也様、たまらないです！」

サンドラの声が喜悦を教えた。女王の歓声は裕也の性欲を刺激しながら、気品がにじんでいる。さらなる快感を求めながら、声を聞く裕也をやさしく満たしていく。

「もっと、もっとクリトリスを舐めてください！」

普通に考えればとんでもないことを訴えながら、たおやかな両手の指で裕也の髪をクシュクシュとかきまぜる。髪や頭皮をなでる指の動きが、裕也にまた新たな悦びを与えてくれた。

サンドラの声と指に応えて、裕也は再び唇で女芯を捉えて、強く吸い上げる。

「ひいっ！」

引き伸ばされた桃色真珠を、舌先でえぐるようにこすりたててやる。

「あうっ‼」

大きな悲鳴はなかった。その短い発声が、マーハランド王国の女王陛下の絶頂の言葉だった。

全身がブルッとわななき、十本の指が裕也の頭皮に喰いこむ。

「っんんん……」

ブシャッ！

と、温かい液体が、裕也の顔面にぶつかった。

「うわあっ⁉」

なにが起きたのかが理解できずに、裕也は鼻や口を濡らしたまま、唖然としている。

サンドラがあわててひざまずき、床のネグリジェをつかんで、裕也の顔を拭いた。

「申し訳ありません。裕也様の口で愛撫されるのがあまりに心地よくて、果ててしまいました」

エクスタシーを迎えたことよりも、愛液を裕也にかけてしまったことに、女王は頬を赤くしている。しかし裕也はもっと重大なことを、早口でまくしたてた。

「果てるって、サンドラ陛下がイッたということ⁉」

サンドラは小首をかしげて、数秒間だけ頭の中で吟味をした。

「なるほど。イクとも言うのですね」

「その、陛下はイッたんですか？」

「はい。イキました。裕也様にイカされました」

堂々と告げる女王は、うららかな笑顔を輝かせる。

「ですので、今度はわたくしが裕也様に奉仕いたします。お立ちください」

「あ、はい」

なにをされるのかはわからないまま、裕也は言われた通りに立ち上がった。さっきまでとは逆に、立った裕也の下腹部が、ひざまずくサンドラの顔の前に位置した。

こうなって裕也ははじめて、自分のパジャマのパンツの前が盛大にテントを張っているのを目撃した。今まではサンドラの女体に夢中で、自分の身体がどれほど興奮しているのかに気づかなかったのだ。

女王の指がパジャマパンツの両サイドをつかみ、トランクスもいっしょにすばやく引き下ろした。

解放されたペニスは激しく跳ね上がり、亀頭をパジャマのシャツの腹にぶつける。裕也はもちろん自分の男根が勃起する姿はさんざん見慣れている。しかしこれほど猛々しくいきり勃つ姿ははじめてだ。剥けた亀頭はパンパンに張りつめて、毒々しいほどに赤く色づいている。肉幹には、くっきりと浮き上がった太い静脈が、うねうねと走った。

自分史上最大に勃起しているとはいえ、裕也は自分のペニスがクラスの男子たちのなかでも平均的なサイズだと自覚していた。

しかし礼儀正しい女王から、称賛の言葉を賜られた。

「まあ。御立派な殿方の大剣ですわ。ほれぼれいたします」

女王に誉めそやされて、背中が震えた。そそり勃つ亀頭のすぐ前にある女王陛下の美貌から、視線をそそがれるほどに、下半身を炎で炙られているように感じる。

もちろん自分の男性器を女に見られるのは、異性を意識するようになってから、今がはじめてだ。見せることが、こんなに気持ちいいとは知らなかった。

裕也はサンドラのまねをしてパンツとトランクスを足先から引き抜こうと、ジタバタしてしまう。その動きで上下に揺れる亀頭を、サンドラはうっとりと緑の瞳で追った。

「裕也様のたくましい剣を、舐めさせていただきます」

「フェラチオをしてくれるんですか！」

「地球の言葉では、フェラチオと言うのですね」

「してください！　お願いします！」

「はい」

女王陛下はフェラチオの経験があるのか、と裕也が疑問に思う間もなく、肉幹が十本の指に包みこまれた。

「うっ」

全身に電流が走り、尻の筋肉がこわばる。生まれてはじめて男根を女に触れられる悦びが、ピリピリと神経と震わせる。肉幹の角度が変えられて、亀頭の先端が女王を向いた。亀頭に、上気した顔が迫ってくる。言葉はなくとも、サンドラが心を躍らせているのが見えた。

閉じた唇が、鈴口にキスをする。

「ああ」

クリトリスを舐められたサンドラ以上に大きく、裕也の腰が動いた。亀頭の移動に合わせて、サンドラの顔も動き、唇から離れない。

そして美貌が前へ進み、亀頭全体が唇の中に含まれる。温かくやわらかい感触で、最も敏感な表面をなでられた。

「うおおうっ!!」

それだけで、裕也は限界に達した。いや、サンドラの絶頂の放出を顔に浴びたときから、限界に達していた。予想もしない熱い暴発が、尿道を焼き、女王の口の中で猛烈な勢いで噴出する。

「うっ、んんん……んふ……」

サンドラはまだ口を離さない。裕也が無意識に腰を引いても、しっかりと亀頭を咥えて、緑の瞳をゆらゆらと潤ませ、自身の口の中に精液が溜まるのを味わっている。

「飲んでる！　陛下が、ぼくのを飲んでる！」

サンドラは亀頭を咥えたまま、こくりとうなずく。その動きが裕也を刺激して、尿道から精液を搾り出させる。射精が完全に終了すると、ようやく亀頭を口から放した。

「はあああ」

コクンと喉が動き、精液を飲み下す姿が、裕也の目に映る。

「飲みこんだ！」

「はい。裕也様の剣の雫はとっても美味しいですわ」

「ありがとうございます」

と、答えたのが正しいのか、裕也にはわからなかった。

「次は、裕也様の男の雫とわたくしの女の蜜を、同時に堪能し合いましょう。布団に寝てください」

「えっ、なにをするんですか？」

「こちらの世界では、なんと言えばいいのかしら。ええと」

言葉を翻訳する魔法はどういう仕組みなのか、頭の中で検索しているような表情になり、すぐに顔を輝かせた。

「そう！　シックスナインをしましょう」

その言葉の意味は、裕也にもわかる。またも近所迷惑の大声を放ってしまう。

「はい、陛下！　ぜひ、やりましょう！」

「裕也様が下でお願いします」

「喜んで！」

勇んで布団に横になると、サンドラが裕也の頭をまたいで立った。女王が脚を曲げると、濡れた股間が降ってくる。

「すごい」

このまま顔に密着するかと思うが、目の前で止まった。サンドラの身体が前に倒れて、裕也の胴体の上に四つん這いになる。

シックスナインなので、二人の身体の向きは互い違いになった。裕也の顔の上にサンドラの女性器が浮かび、サンドラの顔の下に裕也の勃起ペニスと睾丸がある。

裕也は思わず口にした。

「大きい！」

視界を、女王の尻が埋めつくしている。ただ立っているだけでも量感たっぷりの豊臀だが、四つん這いになって突き出された尻は、何倍にも膨張した印象で迫り、裕也の目を魅了してやまない。

なにより今まで見えなかったものが、鮮明に見えた。

広がった尻の谷間の奥に、細密な皺が放射状に集まっている。皺の中心には、キュッとすぼまって閉じた穴があった。

「これは、サンドラ陛下のお尻の穴……」

女性器とは違い、同じ器官が自分にもある。しかし生まれてはじめてじっくりと見つめる肛門は、とても繊細で、愛らしく感じた。

裕也の視線を鋭敏に感じ取ったように、皺の中心がヒクッヒクッとやわらかく動く。まるで肛門がしゃべっているかのように、サンドラの甘い懇願の声が聞こえてきた。

「裕也様、お尻の穴を舐めてくださいませ」

「お尻を！　そんなことをしていいの⁉」

　こっそり読むアダルト漫画のおかげでアナルセックスの知識はあるが、それは特殊な世界のことだと考えていた。初体験のとき、女のほうから求められるなど、裕也の平凡な想像を超えている。

「はい。裕也様に舐めていただきたくて、わたくしのお尻がうずうずしていますわ」

（まだ本当のセックスもしていないのに、いきなり陛下のお尻の穴を愛撫するなんて、信じられない……）

　信じられなくても、目の前の女王の肛門は魅惑に満ち満ちている。豊かな尻全体が小さくうねり、精緻な皺が集まってはゆるむ動きをくりかえす。その愛らしい姿を目の当たりにしていると、抵抗など不可能だ。

　裕也は両手で尻たぶをつかみ、頭をもたげると、細くとがらせた舌先を肛門のすぼまりの中心に強く突き入れる。

「ひゃんっ！」

　肛門に意識を集中させていたサンドラの口から、歌うような叫びがあふれる。尻が踊り、波が伝わるように背中が震えた。

　くねる尻を、裕也は強くつかんだ。舌先で何度も皺の中心をつついてから、舌を広げて肛門全体をべったりと上下に舐める。

「あひっ、はうっんん、ふあああ！」

舌の動きに、女王の声帯と尻が的確に反応する。よがり声が連続して響き、もっと快感を求めるように尻が裕也の口に押しつけられる。

さらなる歓喜を求める貪欲な声が、美尻の向こうから届いた。

「裕也様、はあああ、お尻を舐めながら、クリトリスをいじってくださいませ」

「はい、陛下」

忠実な家臣と化した裕也は、右手を尻たぶから離して、肉花の中を手探りする。濡れた花びらをかき分けるだけで、サンドラは潤んだ声をあげた。

「きゃう！　あふっ！　ああ、もっと先ですっ！」

指先に、他とは異なる硬さの感触が当たった。すぐさま女王の雌しべを親指と人差し指でつまみ、コリコリとこすってやる。

「はひいいっ！　それっ！　それですう！」

指の動きをつづけながら、肛門にキスをした。唇と皺を重ね合わせて、とがらせた舌先を尻の穴のすぼまりへドリルのようにねじこんでみる。

「あっおおおう！」

ひときわ大きく嬌声を放って、サンドラは目の前の亀頭にむしゃぶりついた。自分の肛門と陰核に与えられる快感を裕也へ贈り返すように、ピチャピチャと音を奏でて、一心不乱に舌を亀頭へ這いまわらせる。

ついさっきしてもらったばかりのフェラチオだが、裕也は何倍も大きな快感に酔いしれた。二人で愛撫をし合う状況が、悦びを倍増させている。

そして先に限界に達したのは、先に愛撫をはじめた裕也だった。肛門を舐め、クリトリスをしごくことが、自分自身への前戯となっていた。尻の奥に密着する口から、くぐもったうめきがあふれる。

「うっんんん‼」

(出るうぅっ‼)

腰が跳ね上がり、亀頭がサンドラの舌からずれて、頬にぶつかる。そこで白い噴火が炸裂した。女王の耳に激しい噴出音が響き、顔面に密着した状態で精液をぶちまけられる。

裕也は全身を震わせて、反射的に舌先を肛門の奥へ潜りこませ、指で勃起クリトリスを強くひねった。

高熱の電撃が、サンドラの背筋を貫く。精液にまみれた美貌を左右に振りたくり、白い飛沫をまきちらして叫ぶ。

「あああ、果てます！　はっおおおう、わたくし、果ててしまいますううぅっっ‼」

サンドラは白くねっとりと濡れた頬を、亀頭にこすりつける。

射精したばかりの敏感な亀頭を、やわらかい頬肉でしごかれて、裕也はまた全身をわななかせた。クリトリスから離れた右手と、尻たぶから離れた左手が、布団をパタパタとたたく。

「くうっ！　気持ちよすぎるう!!」

鈴口から、尿道に残っていた精液が飛んだ。

「はううう………」

新たな精液を顔に受けて、サンドラの裸身がビクビクと震える。

「はぁああ………」

女王の裸体がごろりと転がり、裕也のとなりに横たわった。自らの重みでやや平たくなった乳房が、呼吸に合わせて上下に揺れる。

裕也は顔を上げ、サンドラの顔を見て、あわてて立ち上がった。

「すみません。陛下の顔を汚しちゃって。すぐに拭きます」

衣装箪笥のひきだしを開けて、白いフェイスタオルを出す。サンドラも身を起こして、布団に横座りをすると、ごく自然な動作で精液まみれの顔を差し出した。

(やっぱり女王様は、召使いに世話をしてもらうことに慣れてるんだな)

あらためて相手が女王様だと認識し直すと、不思議と下半身がうずうずと熱くなる。自分が出した精液をていねいにふき取ると、サンドラに艶やかに笑いかけられた。

「裕也様、次はいよいよ童貞をいただきたく思います」

「はいっ!」

勢いよく返事をしたが、すぐに疑問が湧いた。

「ぼくは、その、童貞だと言ったかな?」

サンドラがやや困った顔になる。

「それは、まあ、雰囲気でわかりました」

「やっぱり、そうですか」

「どうぞ、わたくしで童貞を卒業なさってくださいませ」

女王が上体を後ろへ傾けて両手を布団につくと、両膝を立てて、そろそろと広げていった。股関節の柔軟さを発揮して、両脚がほとんど百八十度近く開き、Mの文字を描く。そして左右の太腿の中心が、裕也へ向けて差し出される。

裕也は自然と膝をつき、身を乗り出していた。今しがた思いっきり舐めまわしたばかりだが、強い光を前にした虫のように引きこまれてしまう。

「焦《じ》らさないで。もうがまんできません。裕也様のたくましい大剣で、わたくしを貫いてください」

「サンドラ陛下っ!」

裕也は意識しないまま、大声を響かせていた。同じ家の中にいるシーナとエリルに聞かれることも、近所の住民に聞こえることも、脳裏に浮かびもしない。

女王の美しい花は、裕也に愛撫されて、エクスタシーを迎えたときのままに大きく開花していた。ほころぶ肉の花弁の狭間から、透明な女蜜がとろとろとあふれ出る。花びらの上では、桃色に染まった肉粒が、受粉を待ち受ける雌しべさながらに勃ち上がっていた。

裕也は息を呑み、本能が命じるままに右手で自分の肉幹をつかんで、亀頭の角度を調節した。サンドラも左手を差し出して、裕也の右手の上に重ねる。女王の手を感じて、亀頭が激しく疼き、心臓がいっそう高鳴った。自然とまた声がほとばしる。

「サンドラ陛下！」

本能というエンジンを全開にして、裕也は突進した。サンドラの手で巧妙に誘導されたことも気づかずに、亀頭を女花の中心に突き入れる。

ほとんど抵抗なく亀頭が潜りこんだ途端に、温かくぬめつく圧力が押し寄せた。

(これが女の人の中！　女王様の中！)

亀頭全体にぴっちりと濡れた女肉が貼りついている。深い快感とともに、男の肉が溶けて、女の肉と融合するような思いだ。密着する膣を亀頭で押し開いて、肉幹の根もとまで埋める。裕也の下腹部とサンドラの下腹部がぶつかり、くっついた。

サンドラの美貌が喜色に輝く。

「ああ、あんんん、裕也様がすべてわたくしの中に入っていますわ。はっああ、わたくしが裕也様のすべてを抱きしめています」

そうサンドラが告げる間にも、膣壁がうねうねと蠢《うごめ》き、亀頭から肉幹の付け根までを揉みたてられて、裕也は快楽を搾り出されている。女王の言葉通り、男根だけでなく、全身が蕩けて膣の中に吸いこまれそうな気がする。

このまま女王に身をまかせて、心も委ねたい、と裕也は思った。同時に、それでは男としてまずい、という抵抗の心が生まれる。

「陛下！」

裕也は気合いを上げ、勢いをつけて腰を引く。男根が激しくこすれて、亀頭まですっぽりと抜けてしまう。

「あ」

「あ、だめですわ！　逃がしません！」

獲物に襲いかかる肉食獣のごとくサンドラの裸身が、裕也の裸身にしがみついてくる。

「うわっ！」

驚く裕也の跳ねるペニスを、サンドラの手が握る。固定した亀頭を目がけて、大きく広げた股間を落とす。

「ああっ、また入ってきます！」

「おおう、陛下、すごい！」

サンドラの体重によって、再び勃起ペニス全体が膣の奥へ没入する。今度は布団に座ったまま向かい合ってつながる対面座位になった。

裕也はなにかに導かれるように両手をサンドラの背後にまわし、尻たぶを強くつかんだ。十本の指を肉に食い入らせて、尻を揺さぶる。亀頭と肉幹を包む女肉が動いて、裕也の腰が蕩けるほどの愉悦を与えられる。

女王も美貌だけでなく全身で、裕也と交わる喜悦を表している。裕也に尻を動かされて、肉棒に膣内をかきまわされて、大きな歓声をあげた。

「あああっ、すてきですわ、裕也様！　はひいいっ、もっと、もっとわたくしの中をぐちゃぐちゃにかきまわしてくださいませっ！」

「はい、陛下！」

自分でも予想外の火事場の馬鹿力的腕力を発揮して、女王の尻を浮かせては、前後左右に揺り動かして落とし、また尻を持ち上げてまわす動きをくりかえす。たいして複雑な動きではないが、童貞卒業中の裕也には精いっぱいだ。

サンドラは熱をはらんだ瞳を星のようにきらめかせて、うっとりと裕也を見つめつづける。

「あああ、わたくしはもう果てる寸前です。裕也様に射精していただければ、即座に果てます！　うっんん、その前に、くちづけをください。わたくしを大剣で貫いたまま、強くくちづけして！」

「はい、陛下」

肉の交わりに没頭する裕也は、それしか言えなかった。請われるままに、女王の尻をこねながら、唇に唇を強く重ねる。

「うんん！」

「あむ、んふう！」

膣内に埋まった肉棒と同じように、伸ばした舌を相手の口内に挿入した。たちまちもう一枚の舌がからみついてきて、ピチャピチャと音をたててねぶり合う。

サンドラが両腕を、裕也の汗に濡れた背中にまわして、強く抱きしめた。爆乳が年下の男の胸板に押しつけられて、搾り出された柔肉が上下左右に広がる。

口に、胸に、背中に、そして男根にサンドラを熱く感じて、裕也は願った。

(このまま女王陛下とひとつになりたい！　もっと女王陛下の奥まで入りたいっ！)

その思いが、射精のトリガーを引いた。全身全霊をこめて引き寄せたサンドラの肉体の奥へ、童貞卒業の絶頂をほとばしらせる。

(おおおう！　出るっ!!)

体内に熱い男の奔流をそそがれた女王が、キスをほどいて、首をのけぞらせた。唾液の糸が何本も伸びて、二人の胸を濡らす。

「あおうっ！　熱いっ！　果てるぅ！　裕也様の雫をいただいて、果てますううううっ‼」

絶頂を訴える言葉が噴き上がり、ペニス全体が強烈に握りしめられる。尿道からさらに精液が搾り出されてしまう。

「あううう、すごい！」

うめく裕也の口を、サンドラが再び求めてくる。重なる唇の隙間から、二人のエクスタシーの吐息があふれ出た。

「はふううう……」

「んふふうう……」

長い、長いキスがつづく。唇を重ねながら、荒い呼吸が鎮まっていく。口だけでなく下半身もつながったままで、裕也の分身は硬さを保ち、サンドラの中に収まっている。

そしてキスだけが離れた。

サンドラは顎を裕也の右肩に乗せて、満ち足りた声を耳にそそいだ。

「はあああ、感じます。裕也様の魔力が、わたくしに流れこんできます」

「ぼくが陛下の中に射精をすると、魔力も移動するんですか？」

たずねながら、今も自分の男根が女王の温かい女肉に包まれる心地よさを、しっかりと感じている。

「いいえ、それだけではありません。わたくしたちの世界では、お互いに思いをこめて肉体を触れ合わせれば、キスでも、抱き合っても、愛撫でも、魔力は移動します。もちろん身体の中に射精をされれば、最も大きく魔力は動きます。射精が終わった今も、こうしてつながっているだけで、裕也様からわたくしへ魔力が流れているのです」

「それなら、しばらくはこうしているほうがいいかな」

「はい」

またサンドラはキスをする。

女王の中で、裕也はまたピクリと動いた。

第二章　緊急司令 プリンセスの処女を頂戴！

「裕也様、お目覚めください」

「……ん」

裕也は枕の上でもそもそ頭を動かして、机の上に置いた目覚まし時計へ目を向けた。針は午前七時ちょうどを示している。いつもならベルが鳴る時間だが、今日はオフにされていた。

代わりにとなりで寝ているサンドラが、肩を揺さぶって、やさしい声をかけて起こしてくれた。

「おはようございます、裕也様」

「おはようございます、陛下」

自分の布団に二人並んで横になって、間近で見つめ合っていると、裕也の頬が自然に赤くなった。

（なんだか、夫婦の朝みたいだなあ。相手は本物の女王様なのに）

昨夜の裕也は、満ち足りた童貞喪失の後に、そのまま裸で眠ろうとしたが、サンドラが簞笥から出したアンダーシャツとトランクスとパジャマの上下を着せてくれたのだ。

女王といえば、身のまわりのことはなんでもお付きの者がしてくれる、と裕也は思っていた。メイドのエリルがいっしょに亡命しているのも、そのためだろう。それなのにサンドラがかいがいしくパジャマを着せてくれたことは驚きだった。

その後、サンドラは用意された寝室にもどらずに、自分もネグリジェを着直して、裕也とひとつの布団で眠ったのだ。

「では、朝の魔力をいただきたく思います」

サンドラはにっこり笑うと、布団から起き上がり、掛布団の中からピンクのネグリジェを着た全身を出した。ブラジャーをつけていないので、押し上げられた半透明の布の向こうに堂々たる爆乳と大粒乳首が見える。

枕から頭を上げた裕也が見ている前で、女王は四つん這いになった。持ち上がった尻は、ショーツを穿いていない。ピンクの布が貼りついた尻の奥に、恥丘のふくらみと閉じた肉唇が覗けた。

自然と裕也の視線が、生々しい縦溝に集中する。つい何時間か前にたっぷりと舐めて、吸って、貫いたばかりだが、目を凝らさずにはいられない。

（あの中に、ぼくのが入ったんだ。昨日の夜のことだけど、信じられないな）

あらためて胸を高鳴らして、童貞卒業の感慨にふける思いを、サンドラが予想外の行動で断ち切った。敷布団に寝転がったままの裕也のパジャマパンツとトランクスが、手で一気に引き下げられる。女王の顔の前に、朝勃ちする男根が跳ね上がった。

「なにをするんですか、陛下？」

「ですから、裕也様の朝の魔力をいただくのです」

肉幹を指で握られ、亀頭が女王の舌にペロリと舐められる。

「ふわっ！」

快感の衝撃が肉幹を走り、脊髄を伝って、脳を貫く。童貞卒業の体験が新たな神経回路を形成して、愉悦の感度が大きくなっているようだ。

昨夜のフェラチオは最初から亀頭を口の中に呑みこまれたが、今は亀頭の表面を舌が這いまわっている。ピチャペチャ、ルロルロ、と悩ましく濡れた音色が、裕也の部屋に流れつづける。

「はうっ、陛下、気持ちいいっ！」

舌が動くたびに、快感の電流が全身を走りまわり、布団の上で手足がビクンビクンと踊る。サンドラの熱意がこもる舌づかいに追い立てられて、裕也はたちまち限界を迎えさせられた。

「陛下っ！　もう出ますう！」

「裕也様の雫を、飲ませていただきますわ」

サンドラは亀頭全体を口に含んだ。裕也の腰が跳ね上がり、裸の尻が布団から離れた。

亀頭が女王の口の奥にぶつかる。

「出るうっ！」

裕也の射精の叫びに、ドアのノックの音とシーナの声が重なった。

「姉上。裕也くん。入るわね」

突然のことに裕也の射精がギリギリで止まり、言葉を失った。だがサンドラは亀頭を口に入れたまま、器用に返事をする。

「シーナ、どうぞ、入って」

塚森家の屋内のドアにはロックが存在しない。裕也はあわててバネのように上体を起こした。

「陛下、まずいです！　あううっ!!」

サンドラが返事したときの口内の動きが亀頭を刺激して、せき止められていた精液を噴出させた。女王である姉の口内が白い粘液で充満すると同時にドアが開き、妹のプリンセスが入ってくる。

「二人とも、朝食の用意ができたわ。あら」

シーナの青い瞳が、姉の口と肉幹の接合部をじっと見つめてくる。

「こ、これは、その、ひゃうっ！」

裕也の言葉が、亀頭を唇でこすられた新たな刺激で途切れてしまう。サンドラが顔を上げて、口から亀頭を出した。まだ勃起している亀頭の表面は、自身が放出した白い体液にまみれている。女王の唇からも、白い滴が粘つく糸を引いて垂れた。

裕也は両手でトランクスとパジャマパンツを引き上げる。トランクスが精液で汚れることなど、意識に上らない。

（まずい！　まずすぎる！　最悪だ！　なにか言って、ごまかさないと……）

必死に言いわけを考えるが、この状況をうまくやりすごす説明など浮かぶわけがない。

（だめだぁ。シーナ殿下は絶対に怒る！　大騒ぎになる！）

しかしシーナの口から出たのは、冷静な言葉だった。

「姉上は魔力をいただいていたのね。じゃまをしてごめんなさい。裕也くん」

「はっ、はい」

「そのうちに、わたしも裕也くんの魔力をいただくから、よろしく頼むわね」

「ということは、シーナ殿下も、ぼくと、その」

「ええ。裕也くんとセックスするのは、ヴィル・マーハ家の王女のたいせつな義務よ」

その口調に、憤りや不満や嫌悪といった抵抗を示す感情はなにも読み取れなかった。あるのはシーナ本人が言った通り、まっすぐな義務感だけのようだ。

「エリルの作った朝食が待っているから、二人とも、早くキッチンに来て」

シーナは背を向けて、ドアから廊下へ出た。その後ろ姿を見送って、裕也はようやく気づいた。魔法の王国のプリンセスが、ふさわしいドレスを着てない。

廊下に見える衣服は、裕也もよく見慣れたものだ。

「うちの高校の制服だ」

＊

裕也は浴室でシャワーを浴びて、毎日通う東蘭《とうらん》高校の制服であるダークブルーのブレザーとパンツを着た。

ダイニングキッチンへ行くと、テーブルのかたわらにサンドラとシーナが立って待っていた。

シーナはさっき見た通り、東蘭高校の女子の制服を着ている。臙脂色のブレザーとプリーツスカート。白いブラウスの襟に締めた青いリボンタイ。足には白いソックス。

高校二年生の裕也にとっては、一年以上前からほぼ毎日見ているファッションだ。しかし色白で金髪碧眼のマーハランド人のプリンセスが着ていると、不思議なミスマッチの魅力があって、裕也は強く惹かれた。

サンドラもマーハランド王国のドレスではなかった。淡いピンクのフォーマルスーツとスカート。左胸には、サンドラが使う魔法のバトンと同じ黄色い薔薇のコサージュが飾らせた。
れている。ニュースで見る、世界各国の王家の女性が外出するときの、上品な服装を思わ

女王とプリンセスはともに、昨日は頭につけていたティアラもはずしていた。
エリルだけは昨日と変わらないメイド姿で、やや離れた位置で、キッチンシンクを背にして立っていた。

メイドは別として、シーナとサンドラは昨日のロングドレスよりもはるかに日本の住宅に似合った姿だが、やはり裕也には疑問が浮かぶ。

「シーナ殿下が着てる東蘭高校の制服は、どうしたんですか?」
「今日から、わたしは裕也くんといっしょに東蘭高校というところへ行くわ」
「わざわざ高校に通学するつもり?」
「この家でじっとしていてもしかたがないわ。不本意な亡命とはいえ、せっかく異世界に来たのだから、見聞を広めるのも王家の者の義務よ」

サンドラもはじめての体験を楽しみにしている様子で告げる。

「塚森のお母様に手伝っていただいて、妹が転入する手続きはすませてあるので、心配はいりませんからね。クラスは裕也様と同じ二年四組です。今日は、わたくしもシーナとともに、担任の先生という人にご挨拶するので、裕也様といっしょに高校へ行きますよ」

二人の言葉に、裕也は首をかしげる。

「でもシーナ殿下の国籍とか、そういうことはどうなってるんですか」

「そのあたりは、魔法でいい感じに処理していますわ」

まったく悪気のない顔で答えるサンドラに、裕也はあいまいな笑顔で応じた。

（それはあきらかに日本の法律的に、まずいことじゃないかなあ。公文書偽造とか。いやいや、深くつっこむのはやめよう）

「わたくしとシーナは塚森のお母様の遠い縁戚で、アイスランドから来日して、しばらく塚森家に居候する、ということにしてあります」

「それじゃぼくとシーナ殿下が同棲してることになる！　いや、実際に同棲してるんだけど、それをぼくのクラスで言ったら大騒ぎになるよ」

「あら。なにが問題なのか、わかりませんわ。シーナはわかるかしら？」

「いえ。わたしにも理解できないわ」

姉妹がなかよく小首をかしげる。

「たぶん、二年四組に行けばわかると思う」

「面白そうね。ますます東蘭高校へ行くのが楽しみになったわ」

裕也たち三人がテーブルにつくと、エリルが手際よく料理を並べていった。裕也が見たことのないものばかりだ。食材は塚森家の冷蔵庫にあるものだが、今まで食べたことがない味がする。もちろんとても美味しい。

「エリルさん、この味つけはどうしたんですか？」

「自分が王宮から調味料と調理器具を運びました」

裕也はキッチンを見まわしたが、見慣れたものばかりで、目新しい容器や道具はひとつも発見できない。不思議に思ってきょろきょろする裕也へ、エリルが告げた。

「裕也殿には、王宮の調味料や調理器具は見つけられません。目立たぬ収納はメイドのたしなみです。このように」

エリルが右手の指をわずかに動かすと、マジシャンがトランプを取り出すように、刃物を握っていた。それも小さなナイフではなく、大きな鉈のような肉切り包丁だ。

「うわ」

思わず声をあげて、目を剥く裕也の前で、肉切り包丁はすぐに消失して、エリルの手は空っぽになった。

朝食を終えると、裕也とシーナ、サンドラ、そしてエリルがそろって玄関から外へ出た。

そこで裕也はある問題に気づいた。

「あっ、ちょっと待って。みんなで東蘭高校へ行くんだ」

「そうですわ。そのためにわたくしも、妹も、この世界で目立たない服を着ているのですから」

サンドラは少し自慢げに、ピンクのスーツの大きく隆起した胸を突き出した。

「でも、エリルさんはメイドの服のままだけど」

「裕也様ったら、不思議なことをおっしゃいますわね。メイドがメイドの服を着ているこその、なにがおかしいのでしょうか？」

「今の日本にメイドの服で外を歩いてる人なんていないから！　一歩道に出たら、エリルさんは目立ちまくりだよ！」

エリルは冷静に首を左右に動かした。

「裕也殿は心配性のようですね。メイドとは貴人に従う影のようなもの。影をいちいち気にする者はいません」

「いや、日本では気にするから！」

結局、裕也はマーハランド王国人を説得する言葉を持ち得なかった。そして四人が門から道路へ出た途端、登校途中の小学生の集団が、いっせいにエリルを指さした。

「メイドだ！」

「メイドがいる！」

「キャー、メイドメイドメイドメイド――――ッ！」

＊

塚森家から東蘭高校までは、徒歩で二十分ほど。道中ではエリルのメイド姿がひたすら注目されつづけた。エリル本人はなんのリアクションも見せず、われ関せずの無表情を貫いていた。

校門に到着してからどうするのか、と裕也は心配した。職員室まで、シーナとサンドラを案内する役目を仰せつかっているからだ。ただでさえ目立つ金髪の美女姉妹に、メイドまでいたら、確実に全校生徒の好奇心を煽りまくるだろう。

裕也の心配をよそに、王家の姉妹は躊躇することなく、メイドを連れて校庭を歩いた。予想通り、先に立って歩く裕也も含めて、生徒たちから凄まじい視線の集中砲火を浴びせられる。

裕也は全身にグサグサと突き刺さる視線の束を感じて、ギクシャクした足取りで進む。

（王族は国民の注目を浴びるのも仕事だから、二人とも平気なんだろうなあ）

職員室では、サンドラとシーナが担任教師と話した。裕也は、姉妹がおかしなことを言うのではないかとひやひやしたが、はじめて日本に来た外国人程度のおかしさですんだ。

ただしその間、職員室にいる先生全員が、少し離れて立っているメイドを見つめていた。

職員室を出ると、サンドラとエリルは東蘭高校から出ていった。サンドラは、この後はショッピングを楽しむと言った。エリルは当然ながら荷物持ちだ。

裕也が待つ二年四組の教室に、担任教師に連れられてシーナが入ってくると、予想通りの大騒ぎになった。シーナが、裕也の家に住んでいると告げると、騒ぎはさらに大きな爆発となる。

朝のホームルームから最後の授業が終わって高校を出るまで、いや、通学路を離れるまで、裕也はクラスの男子から嫉妬とやっかみの言葉をぶつけられつづけるのだった。

＊

羽田空港に建つ第二旅客ターミナル五階の屋内展望フロアの大きな窓に、シーナとエリルはぺったりと貼りついた。

シーナから裕也のお勧めの場所へ行きたい、と言われたので、羽田空港に連れてきたのだ。

裕也とシーナは高校の制服のまま。校門の前でシーナを出迎えたエリルは、当然メイドの衣装のまま。空港にいる人々の目を集めている。二人の通学用の鞄は、エリルがどこかに消していた。

大きな窓の向こうには、広大な滑走路が広がり、何機もの飛行機が並んでいる。そのうちの一機が、滑走路から浮き上がるところだ。

「すごいわ！　あんなに大きな金属の塊が、魔力もなしに地面を離れるなんて！」

「自分も驚きました。魔法のない世界とはどのようなものか、と疑問に思っていましたが、あのような技術があるとは予想外です」

プリンセスとメイドの言葉を聞いて、並んで窓に貼りついている裕也が、まるで自分が誉めそやされたように顔をほころばせる。

「すごいだろう。ぼくは飛行機が大好きで、空港によく来るんだ。離陸するところを見ているだけで、ワクワクして、気分爽快になる」

「あの大きくて重いものが浮き上がるのは、いったいどういう仕組みなのかしら？」

シーナが好奇心で瞳をキラキラさせた顔を、裕也へ向けた。裕也が昨日の帰宅後に会ったときから、はじめて見る同年代らしい表情だ。

「飛行機ファンとしてちゃんと説明できるけど、長くなるから、家に帰ってじっくりと話してあげるよ。あれ？」

シーナは反応しない。じっと窓の外を見つめている。それも新たに飛び立とうとしている飛行機ではなく、顔を上げて空を凝視していた。

裕也は着陸する飛行機があるのかと同じ方向を見上げたが、空は灰色の厚い雲に覆われて、機影を確認できない。

「さっきまで晴れてたのに、急に曇ってる。おかしな天気だな」

「飛行機が落ちそうだわ」

「えっ⁉　殿下、今、なんて、うわっ！」

シーナの右手に、銀色の星がついた白いバトンが現れる。同時に臙脂色のブレザーの背中から、白く輝く翼が大きく広がって激しく羽ばたく。

シーナは目の前のぶあつい窓を砕いて、外へ飛び出した。そのまま砲弾のごとく猛烈なスピードで空を上昇して、灰色の雲の中に飛びこみ、姿は見えなくなった。

「ええええええええええっ⁉」

裕也が驚愕の声をあげたのは、その後だった。一瞬幻覚を見たのかと思ったが、周囲の人々も騒然としている。シーナが突き破った窓から吹きこむ風が、展望フロアの中で騒ぐ人々の髪をかき乱す。

「女の子が落ちたぞ！」

と、誰かが叫ぶと、同調する声が次々とあがった。大勢が窓から見下ろし、五階から墜落して、大けがを負っている臙脂色のブレザーとプリーツスカートの女の姿を懸命に捜していた。

裕也とエリルだけが、シーナの現状を見ていた。目の前の騒ぎに重なって、雲の中を飛ぶシーナの姿が見えた。高速で移動するプリンセスの近くの空中にカメラがあって、並走しているような光景だ。

「これはなに⁉」

「シーナ殿下が魔法で送ってくださっているのです」

「撮影してるカメラはどこ？」

「カメラとはなんでしょうか」

沈黙する裕也の目に、シーナが雲の上に出る光景が映った。すぐ前に巨大な飛行機が飛んでいる。裕也はひと目で機種がわかった。

「ＪＡＬのボーイング７７７－３００だ」

全長七十三・九メートル、全幅六十・九メートル、全高十九・七メートル、最大離陸重量二百三十七・〇トン、座席数は五百席という、日本国内線では最大のジェット旅客機だ。

飛行機ファンの裕也にしても、これほど臨場感のある飛行姿を目にするのははじめて。映像ではなく、自分の肉眼で目の当たりしている感覚だった。

恐ろしいことに気づいた。右側の主翼がありえない方向へ曲がっている。しかし飛行機の周囲には、歪みの原因となるものがない。天候も平穏だ。裕也の目には、見えない手が主翼を無理やりねじっているかのように映る。

どうにかしたくて両手を前へ出すと同時に、右の主翼が根もとから折れてちぎれた。浮力を失った機体がガクンと高度を下げる。

「墜落する！」

裕也の叫びを否定するように、シーナの裂帛の気合いをこめた咆哮が聞こえた。

「落とさない！」

白い翼を広げたシーナが猛スピードで移動して、七十メートルを超える機体の中央の上部に降りる。東蘭高校指定の黒いローファーを履いた両足を機体につけて、垂直に立った。

猛烈な気流を受けているはずなのに、どうしてシーナが立っていられるのか、裕也にはわからない。金の髪やプリーツスカートの裾をちぎれそうになびかせながら、前に伸ばした両手で銀の星のバトンをグルグルと回転させる。

直後に機体の落下のスピードがゆるくなった。まわるバトンから飛び散るたくさんの銀の星が、片翼を失ったボーイング７７７－３００全体にくっつくと、落下するスピードが一気に遅くなる。

バトンをまわして星を出しつづけるシーナの顔は、朱に染まり、眉間に深く皺を寄せて、歯を堅く食いしばっている。口を動かしていないのに、裕也の耳にシーナの声が轟いた。

「エリル、下を守って！　飛行機の翼が落ちるわ！」

「承りました」

そう答えたときには、エリルの青いメイド姿が割れた窓から外へ踊っていた。

「また落ちた！」

何人もが同じ声をあげる。五階から飛んだエリルは舗装された地面に着地して、その勢を殺すことなく走りだした。裕也の周囲で、信じられないものを目にした驚愕の声がいくつもあがる。

だが本当の信じられないことはこれからだった。エリルが走りながら号令をかけた。

「メイド隊、あの大きいものを移動させせる！」

エリルの周囲に、いきなり群衆が出現した。確実に百人以上はいる全員が、エリルと同じ明るいブルーの服と白いメイドキャップとエプロンをつけたメイドたちだ。

メイドの大集団は全員が同じ速さで走り、一機のジェット旅客機に向かって突き進む。

すでに客の搭乗を終えて、滑走路へ向かって移動中のボーイング767－300。全長五十四・九メートル、全幅四十七・六メートル、全高十六・〇メートル、最大離陸重量百三十三・八トン、座席数二百六十一席の機体に、メイドの群れが餌に集まる蟻のごとく、わらわらとたかっていく。

メイドたちは機体の下に潜りこみ、ある者は回転する車輪にとりつき、他の者たちは肩車をして機体の下面に両手を当てた。

ボーイング767－300の巨体が横へずれた。

凍結した道路の上を自動車がスリップするように、ジェット旅客機がス――――ッとまっすぐ右へと移動していく。飛行機にこんな動きができるわけがない。機体の下に入ったメイドたちが協力してジェット旅客機を滑走路から浮かせて、人力で横移動をさせているのだ。

目撃する誰もが、メイドが魔法の王国から来たことを知っている裕也も、言葉を失い、唖然として見つめる前で、今の今までボーイング７６７－３００がいた位置に、ちぎれた主翼が空気を引き裂いて落下した。

爆発的な轟音とともに、翼が硬い滑走路を砕き、深々とめりこむ。

その巨大な破壊の力は、もし乗客を満載したジェット旅客機が移動していなければ、どれほどの凄惨な悲劇が起きたのかを、いやでも想像させた。

惨劇をまぬがれたボーイング７６７－３００を、銀色の光が照らした。羽田空港にいるすべての唖然としたままの人々が、光に誘われるように顔を上げた。

上空を覆う灰色の雲を割って、銀色に光る巨大なものがゆっくりと降下してくる。

見慣れない形状だが、すぐに片翼を失ったジェット旅客機だとわかった。大重量を支える浮力を失ったはずの機体が、羽毛のごとくふわふわと降りてくる。

誰もがこれは目の錯覚で、今にも滑走路に墜落するという不安に囚われて、固唾を呑んで見守りつづけた。

銀の光の中から車輪が現れ、ボーイング７６７－３００のとなりにゆっくりと着陸した。

機体を包む光が、蛍の大群がいっせいに飛び立つように離れる。それらが数えきれない銀の星だと目撃者たちが認識するとともに、溶けるように消失した。

残ったのは、ボーイング７６７－３００となかよく並ぶ片翼のボーイング７７７－３０

０。その機体の上に立つ、背中から白い翼を広げる臙脂色の制服の女。

翼が羽ばたき、シーナの身体が浮き上がり、まっすぐに展望フロアへ向かって飛翔する。自分が破壊した窓から飛びこみ、裕也の前に降りると、そのまま胸に倒れこんで意識を失った。

即座に裕也は手に持った制服のブレザーを、シーナの頭にかぶせた。シーナが自分へ向かって飛んでくるのを見て、ブレザーを脱いでおいたのだ。

驚きから醒めた人々が、わっと裕也とシーナに押し寄せてきた。

（逃げなくちゃ！）

そう思っても、周囲にはもう人の壁ができている。すぐに羽田空港を管轄する東京空港警察署の警官が駆けつけてくるに違いない。

裕也はブレザーをかぶったシーナに、まわりに聞こえないように声をかけた。

「殿下、殿下、大丈夫ですか」

返事がない。腕の中のシーナの身体は完全に脱力して、銀の星のバトンを握る右手がだらりと垂れ下がっている。意識がないのは確実だ。

（なんとかしなくちゃ。ああ、どうすれば殿下を守れるんだ）

まわりを見まわす裕也の目に、割れた窓から跳びこんでくるメイドの姿が入る。人の壁の上をやすやすと越えて、裕也の前にひらりと降り立った。

「失礼いたします」

　エリルは主人の手から魔法のバトンを奪うと、右手で高速回転させる。

　裕也の視界から群集が消えた。

　次の瞬間、裕也の前にはじめて見る光景が現れる。清潔だが画一的な寝室。ベッドと小さなテーブルと椅子と冷蔵庫しかない。窓の外には、羽田空港の一部が見える。空港のそばにある料金が安めのホテルの部屋だとわかった。

　自分たちがいきなり別の場所にいる理由を考える余裕はなく、裕也はシーナをベッドに寝かせた。

　すぐさまエリルがベッドに身を乗り出す。

「自分が姫様の具合を診る」

　エリルが両手を横たわる主人の身体にかざして、頭から足へ向かって動かした。

　魔法の診察らしい行為をそばで見つめる裕也の目にも、シーナのまぶたを閉じた顔は、血色が悪く見える。呼吸や脈拍に乱れはないが、エリルは難しい顔つきになり、困惑の声を出した。

「姫様の肉体に異常はない。しかし魔力が著しく減っている」

「ボーイング777―300を魔法で着陸させるなんて、すごく無理をしたんだ」

「あれしきのことで、ヴィル・マーハ家の御方が意識を失うほど魔力を減らすことはありえない。原因はわからないが、空の上で姫様が魔力を大量に失う異変があったのだ。残念だが自分には、今の姫様をどうにもできない」

エリルの口調も言葉づかいも、シーナの意識があったときとは変わっているが、それを気にする余裕も裕也にはない。

「それなら、ぼくの家に運ぼう。サンドラ陛下なら」

「この部屋までは、自分が姫様のバトンの力を拝借して跳んだ。これが自分の限界だ。もう一度は跳べない。それにここまで減少した姫様の魔力を復活させることは、サンドラ陛下でも無理だ。裕也殿が持つ魔力を姫様に与えることこそが、唯一の治療法だ」

「それは、つまり、ぼくがシーナ殿下と、その、しろということ⁉」

裕也を不機嫌そうに見つめつづけるエリルの瞳に、今までよりも強い力が宿った。

「裕也殿が、偉大なる救国の女王メリンダ・エメル・マーハ陛下の血と魔力を受け継いでいようとも、自分はマーハランド王国以外の者の魔力を当てにすることには反対だった。ましてや異世界の者など」

エリルの唇の奥で、キリッ！　と歯同士がきつくきしむ音が鳴った。

「しかし、今はそんなことを言ってはいられない」

「でも、相手に意識がないのに、そんなことをするなんて」

「いいから、早くやれ！」

メイドの迫力ある叱声に、裕也は思わず身をすくめた。

(やるしかない。シーナ殿下のためにも)

裕也はスニーカーを脱いで、自分もベッドに上がった。横たわるシーナの右のかたわらで手足をつき、制服姿を黄金の髪の先から、まっすぐ伸びる両脚の黒いローファーまでながめ渡す。意識のない美貌を間近に見下ろすと、ついさっき巨大な飛行機の墜落を止めた凄まじい力の持ち主とは思えない。ただの無力な同年代の女に見える。

(最初はやっぱり、キスからだよな)

昨夜のサンドラの言葉に従うならば、キスでも魔力の提供はできるはずだ。

(意識のない女の子にキスするなんて……)

どうしようもなく罪悪感に囚われてしまう。

「殿下、ごめんなさい」

そろそろと顔を下げた。狙いをつけて、閉じた唇に接近していく。

唇が触れ合った。

三日前までキスの経験のなかった自分が、この二日間で二人の美女と、それも姉妹にキスをすることになるとは思いもしなかった。

姉妹だからなのか、自分の経験不足のせいなのか、唇の感触の違いはわからない。

ただ触れ合わせるだけのキスの最中に、シーナのまぶたが開き、青い瞳が裕也の顔を見た。裕也はハッとして顔を離し、救急救命士がやるようにプリンセスにたずねてみる。

「自分の名前を言える？」

シーナの口と喉が動き、かぼそい声が流れた。

「わたしはアレクシーナ・ヴィル・マーハよ。わかっているわ。本当に裕也くんの魔力はすごいのね。キスだけで目が覚めたわ。残念ながら、身体はまだ動かせないけれど」

裕也の反対側からエリルが身を乗り出して、主人の血色の悪い顔を覗きこんだ。

「姫様、御身体の具合はいかがですか。自分が見たところ、負傷はないようですが」

「大丈夫よ。傷は負っていないわ。エリルの見立て通り、魔力を奪われたのよ。エリルがわたしをここまで運んでくれたことを感謝するわ」

「メイドとして当然のことをしたまでです」

シーナの瞳が、裕也へ向いた。

「つづきをお願いするわ」

「いいの？」

「時間がないのよ。もうすぐマーハランド王国で、今日の王位を懸けた合戦がはじまる。わたしの魔力が欠乏していると、ヴィル・マーハ家の兵隊が弱くなって、敗北してしまうわ」

「こんな状態なんだから、合戦を延期してもらおうよ」

「それは無理ね。神聖審判団が決めた日時は変えられない。わたしの魔力が衰弱していることも、ヴィル・マーハ家の落ち度と見なされるだけだわ。やるしかないのよ」

　プリンセスの訴えの真摯さに、かえって裕也はどう応答すればよいのか、迷ってしまった。昨夜の女王は、王家の戦いのためと言いながら、裕也とのセックスを楽しんでいた。

（シーナ殿下は言うことも態度も直球すぎて……でも）

　目の前に横たわる美しいプリンセスと交わるチャンスを逃すなど、昨日はじめて女の肉体のすばらしさを知った裕也にできるわけがない。下心と決意をこめて、ベッドから見上げるシーナへ力強くうなずいた。

「うん。わかった。殿下はまだ身体を動かせないんだから」

　今度は、裕也は唾を飲みこむ。

「ぼくが脱がせるよ」

「お願いするわ」

　シーナは真面目に答えて、碧眼をメイドへ向けた。

「エリル、別の部屋に行って」

「承りました」

　すぐさまメイドは近くのドアを開けて、すばやくすべりこんだ。

「そこはトイレ」

と、裕也が言い終わる前にエリルが出てきて、別のドアを開けて姿を消した。

「そこは風呂。でも、それしかないか」

ベッドルームにトイレとバスルームが付属しているだけの安ホテルだ。メイドが身を潜めていられるのは浴室しかない。

今度はエリルが出てこないのを確認して、また裕也とシーナはうなずき合った。裕也は両手を伸ばして、ブレザーの第一ボタンをはずそうとする。

そのときバスルームのドアが開き、エリルが顔をひょいと出した。

「姫様は処女であらせられる。そこを肝に銘じてお相手しなさい」

「え」

裕也の手がボタンをつかんだまま止まった。

シーナは顔をメイドへ向けることもできず、かつてない怒声をあげるだけ。

「大馬鹿者っ！　誰がそんなことを言えと言ったのよ！　いらないお世話だわ！」

エリルは浴室に顔を引っこめて、ドアの向こうで謝罪を反響させた。

「申し訳ございません。姫様が心配で、つい差し出がましいことを言ってしまいました」

反響は小さくなり、沈黙が訪れる。プリンセスは凛とした表情を裕也へ向けて、堂々たる語気を発した。

「確かにわたしは手の甲へのキスでしか、魔力の交換をしたことはないわ。男に身をまかせるのは、今がはじめてよ。でもこれはヴィル・マーハ家の王女の使命だから、裕也くんは気にしないでつづけて」

（えええええ――――――っ、処女って！　この状況で処女と言われても！　あっ！）

「ということは、今さっき、ぼくがしたのが、シーナ殿下のファーストキスですか!?」

ボタンをつかんだまま質問を浴びせてくる裕也へ、シーナからけわしい叱責がぶつけられた。

「ええ、そうよ！　わたしのはじめての男とのキスよ！　でも気にしないでつづけてと言ったでしょう！　これはマーハランド王国の王女からの勅命よ！」

シーナの真剣さが伝わり、裕也は肌がビリビリする思いがした。応えなければ、男として人間としてだめだ、と感じさせられる。

「わかりました。殿下に従います！」

口では断言したものの、指が震えてうまくいかない。

（うわ、ものすごく緊張する！）

「情けないわ！　しっかりして！　それでも偉大なるメリンダ・エメル・マーハ陛下の血を受け継ぐ男なの！」

「それは昨日、聞かされたばかりなのに」

とはいえ自分でも不甲斐ないと痛感してしまう。気合いを入れて指の震えを止めて、第させる。

ボタンをはずした。勢いに乗って次々とボタンをはずし、バッとブレザーの前をはだけ
目の前に白いブラウスに包まれた胴体が出現して、裕也はさらに心臓の鼓動を高くした。

よく考えれば、衣替えの時期になれば、女生徒は全員ブレザーを脱いで、白いブラウスを見せる。昨年の夏にさんざん見たはずだ。しかしラブホテルを思わせるベッドの上で横たわる美女の上着を剥いただけで、凄まじく扇情的に感じる。

裕也の昂りを感じ取ったのか、シーナの顔もこわばってきていた。

「ブラウスのボタンをはずすよ」

「いちいち言わなくてもいいわ」

少し落ち着いて、ボタンをはずせた。白いブラウスをはだけようとすると、襟が首にまいた青いリボンタイにひっかかったが、焦って強引に引っぱる。おかげで首にリボンタイを残して、胸があらわになった。

裕也は、リボンタイをはずさなくては、と思った。しかし目の前に純白のブラジャーが出現した瞬間に、そんな思いははるか彼方へ消し飛んでしまう。

ブラウスの裾はまだプリーツスカートの中に入っているので、胸元はVの字形に開いている。大きなVの上部に、二つの純白のカップが隆起していた。素肌に残った青いリボンタイが、白い双丘に鮮烈なアクセントを添えている。

ブラジャーはごく普通の形状。一見して裕也にも値段は高そうだとわかるが、レースやリボンといった装飾はない。実用性を追求した高級品だ。

白いカップの内側には、大きな乳肉がみっちりと詰まっている。解き放てば、どれほどのボリュームがあふれるのか。想像しただけで、スラックスの内側が熱くこわばった。

裕也がカップ越しにシーナに顔を向けると、シーナも自分の胸をにらんで、色白の頬を朱色に染めていた。ブラウスを剥かれてブラジャーを見られるのが、恥ずかしいのだとわかる。両手を動かせれば、すぐにも胸を隠したに違いない、と裕也は思った。

昨日のシーナが着ていたプリンセスのドレスは、今のブラジャーよりも胸の肌を見せていたのに、恥ずかしがっている姿は、裕也には不思議でならない。

(でも恥ずかしがって顔を赤くしてる殿下は、すごくかわいいな)

「ブラジャーをはずすよ」

プリンセスは自分の羞恥心をごまかすように、大声をあげた。

「だから、いちいち報告しないでいいと言っているわ！」

バスルームのドアがわずかに動いた。今にもエリルが飛び出してくるかと、裕也はひやりとする。だがメイドはがまんしたようだ。

「あの、ぼくも殿下に余計なことを言うみたいだけど、恥ずかしいなら、普通に恥ずかしがってもいいと思うよ」

「本当に余計なことだわ。このアレクシーナ・ヴィル・マーハが王家の義務を恥ずかしいと思うわけがないでしょう！」

裕也は反論をあきらめ、ブラジャーをはずそうとして、大いなる問題に気づいた。

「あっ、寝たままだと、背中のホックをはずすのは難しいかも」

「心配ない。塚森のお母様が用意してくれたブラジャーは、フロントホックブラという逸品だわ。カップの間のホックをはずせばよいのよ」

「ここをこうすればいいのか」

生まれてはじめて触れるブラジャーの仕組みにとまどいながらも、慎重にホックをはずした。二つのカップが勢いよく左右に分離して、裕也の目の前で二つの乳房がフルフルと揺れた。共鳴するかのようにリボンタイもヒラヒラと揺れているように見える。

「うっ」

と、シーナの口から苦しげな声が洩れて、すぐさま強く唇を閉ざした。

（これがシーナ殿下のおっぱい！）

プリンセスの乳房のサイズは、姉のサンドラ女王よりは小ぶりだが、充分に巨乳で通用するボリュームがあった。

揺れる乳房の先端で動く桃色を、裕也は目で追う。溶けそうに淡い乳輪の中心に、小さな乳首がある。

（サンドラ陛下の乳首と比べると、姉妹なのにシーナ殿下の乳首は小さいな）

姉のほうがバストサイズが大きいにしても、乳房と乳首の比率を考えると、やはりシーナの乳首は小さめだ。

「殿下の胸に触るよ」

「…………」

今度は、シーナはなにも応えなかった。ただ唇を噛みしめている。

裕也は両手を広げて、二つの大きなふくらみの表面にそっと当てた。処女と聞いて、サンドラにしたように乳肉を強く握ることはできない。親戚の赤ちゃんを触ったときのように、なめらかな曲面をそろそろとなでまわしてみる。すべすべした手触りがとても心地よく、白い乳肌をなでている自分のほうがうっとりとしてしまう。

裕也が指をさわさわと這わせるたびに、シーナの閉じた口から今までとは異なる音色の声がこぼれた。

「んんっ！　んく！　むうん！」

声を洩らしながら首が何度ものけぞり、金髪が埋まるシーツがへこむ。ベッドのわずかなきしみが、シーナだけでなく裕也の耳にも聞こえた。今度こそ、リボンタイが本当に揺れている。

シーナは内心の驚愕を表に出すまいと、懸命に努力していた。自分の胸を裕也の指がなでて、手のひらでこすられるたびに、強烈な魔力が流れこんでくる。今までも姉や母、乳母たち親密な女性と着衣のまま抱き合い、貴族たちから手の甲にキスをされて、魔力のやりとりをしてきた。しかし、これほど質が高く、量も多い魔力を提供されるのは、はじめての体験だ。

そして気持ちいい！

そそがれる裕也の魔力が、二つの大きな乳房の中で快感の火花を連続して咲かせる。指でなでられた肌の表面から、乳肉の内側へ向かって、甘やかな愉悦の電流がパチパチといくつもいくつも弾ける。

シーナは自慰のときには、自身の手で乳房を愛撫するのが常だ。自分で悦びを得るときの指の動きは、遠慮がちな裕也のタッチよりも力強い。しかし自慰の気持ちよさなど、裕也から魔力を提供される悦楽とは比べものにならない。

「くう、んんんっ、んむう！」

乳房の中に歓喜の火花が増えつづけて、自分の胸が張りつめていると感じる。顔を上げると、目の前の乳球が実際に膨張して見えた。

同じことを、裕也も感じていた。自分の手に伝わる乳肉の感触が、徐々に変化しているのがわかる。感動して、つい声に出してしまう。

「シーナ殿下の胸がパンパンになってる！」

シーナは文句をつける余裕はなかった。左右の乳首が、同時に人差し指の先でつつかれたのだ。今までよりはるかに強い快感の稲妻が、乳首から胸の奥へ貫通した。

「あひいいっ！」

それまでの閉ざした唇の隙間から洩れる喘ぎが、一気に大きな叫びとなる。裕也の人差し指と親指が二つの乳首をつまみ、よじるようにこすりたててくる。連続して悦楽の稲妻が巨乳の中を走り、快美な雷鳴がベッドに横たわる体内に轟いた。

「はああっ！　あっあああああ！」

「大きくなってる！　殿下の乳首がどんどん大きくなっていく！」

裕也の言葉を聞かされ、シーナはあわてて自分の乳首を見つめた。

「そんな、あひ、はっあああ、信じられない！」

男の二本の指の間で、肉筒のピンクの色が鮮やかに濃くなり、太さも長さも倍増している。刺激された乳首が勃起するのはあたりまえだが、何倍にも大きくなるのはあまりに異常な光景だ。

「これが、わたしの胸なの!?」

「サンドラ殿下の乳首にそっくりだ！」

「ああ、姉上と！」

乳首をしごかれる快感に酔うシーナの脳裏に、前女王である母から聞いた言葉が閃いた。

王家の女は魔力を受けやすい肉体だと。強い魔力の提供を受けると、乳房も乳首も変貌するのだと。

(これが。その変貌なの！　あああ、乳首が膨張すると、もっと気持ちよくなる！)

母につづいて、姉の言葉も頭に響く。王家の肉体はいやらしい、と姉は意味ありげに笑って言った。今、それを実感しながらも、素直に認めるのは抵抗がある。自分の身体が生まれつき淫らにできているなんて、認めるのは難しい。

それなのに、声が勝手に出てしまった。

「気持ちいい！　気持ちよくて、おかしくなりそう！」

自分がはしたない言葉を口に出して、裕也に聞かせていることにも気づかなかった。張りつめた胸にせり上がってくる、未知の予感に戦慄している。

シーナの言葉は、裕也を猛々しく昂らせた。

(すごい！　ぼくの指が、シーナ殿下を感じさせてる！)

そう思った途端、裕也も言葉を放っている。

「殿下、もっと気持ちよくなってください！」

乳首をつまむ両手を下へ移動させて、左右の乳房をつかむ。これまでのやさしくなでまわす愛撫ではなく、強く乳肉を握った。シーナが眉根を寄せて、新たに高い声を発する。

「はうんっ！」

「サンドラ陛下と違う！」

唇の差異は判別できなかったが、乳房の感触の違いはわかった。シーナの巨乳は充分にやわらかいが、姉の爆乳に比べるとより弾力が強い。裕也の握力に、処女の抵抗とばかりにはね返してくる。姉も二十代でもちろん若いが、十代の妹の胸はより溌剌とした若さの印象だ。

なにより温かい。人間の平均的な体温よりも、あきらかに温度が少し高い。二つの乳房
の内側で、それぞれ独自の熱源があるように感じた。

「裕也くん、そんなに強く握られたら！」

「ごめん！　痛かった？」

「痛いのではなくて、このまま胸を握られていると……」

どうなるのか、シーナには予測はついている。だからこそ口ごもってしまった。言葉に
するのは恥ずかしすぎる。プリンセスとしてこう言うしかなかった。

「……いいわ。そのまま、つづけて」

裕也は乳房を握ったまま顔を下げて、勃起して膨張した右の乳首を、口に含んだ。

唇に挟まれた肉筒から、新たな快感がズクズクとシーナの胸に流れこむ。またプリンセ
スの頭がのけぞり、姉によく似た歓喜の鳴き声が飛んだ。

「はひいいっ！」

裕也も唇に触れる体温に仰天する。

（熱つっ！）

指に伝わる乳房の体熱は温かいが、乳首は本当に熱い。病人の額に触れて、これほどの熱があれば、あわてて救急車を呼ぶところだ。裕也自身には自分がプリンセスに魔力を与えているという実感はないが、これも魔力のなせる業だろうか。

（もっとシーナ殿下の熱を味わいたい！）

唇に挟んだ乳首に、舌を押しつける。汗が混じった女の肌の味も含めて、舌が熱い。熱が美味だ。夢中になって、猛烈な勢いで乳首を舐めまわした。

シーナの脳に快感の大波が押し寄せて、また無防備な嬌声をあげてしまう。

「はあぁっ！　そ、それっ！　気持ちよすぎる！」

裕也は右の乳首を離して、左の乳首を咥えた。上下の唇と舌に膨張肉筒がはらむ高熱を味わい、いっそう頭も心臓も股間も疼く。かきたてられた欲望のままに、乳首をこすり、しゃぶってやる。

「ふあぁあっ、もう、もうっ、おかしくなるうっ！」

プリンセスの熱い叫びと、汗に濡れた素肌の上でヒラヒラと閃く青いリボンタイが、裕也の男の本能を燃やす。左の乳首から右の乳首へ。右の乳首から左の乳首へ。交互に咥えて、吸い上げて、舐めまわす。

裕也の口が移動するたびに、シーナの喘ぎが断続的にあふれた。

「ひっ！　あひ！　はうう！　くんっ！」

乳首を口で刺激する間にも、裕也は十本の指を激しく動かし、乳肉のやわらかさと弾力を堪能する。乳房の根もとを強く握りしめると、搾り出された乳肉が高くせり上がった。

先端でプルプルと震える紅潮した大きな肉筒の美しさと淫らさに、裕也は目と心を奪われ、二つそろえて咥えて強く吸い上げた。

(強い！　なんて強い魔力！　あああ、強い強い強いっ！)

息もつまるような魔力と快感の大波に呑みこまれ、シーナは目もくらむ高みへ投げ飛ばされる。

(これっ、これはっ、わたしは、果てるうっ！)

自分が絶頂を迎えたと認識したときには、ひときわ大きな声を噴き上げていた。

「あっあっあああああああああっ‼」

両腕でかろうじて動かせる指だけで、シーツを握りしめる。身体が自由なら、背中を反らせてのたうったただろう。

「ああああああああ――――――っっ…………」

長い叫びがかすれて、やがて口から洩れる吐息になった。

裕也は胸から手を離して、プリンセスの赤らんだ美貌を見つめた。だらしなく開いた口と鼻で荒い呼吸をくりかえし、唾液と汗に濡れた胸が上下に動いて、乳房が揺れている。

「もしかして、シーナ殿下は果てたんだ？」

裕也から好奇心まるだしの視線を向けられて、美貌の赤みがさらに濃くなった。

「そんなことは……」

（胸を愛撫されただけで極まってしまったなどと、恥ずかしくて言えるわけがないわ……いいえ、わたしは王家の義務を果たしているのだから、堂々と裕也くんに伝えるべきではないかしら……）

相反する思いが、頭の中をグルグルとめぐる。結局、羞恥心よりもプリンセスの矜持を優先するべきだと結論づけて、誇りをこめてまっすぐに裕也の顔を見上げた。

「ええ。裕也くんの魔力を感じて果てちゃったわ」

「噛んでる！」

「なにかしら」

「いえ、なんでもないです」

「では」

プリンセスは大きく息を吸い、強く言い放った。

「わたしの処女をあげるわ。スカートを脱がせて」

「はい。仰せのままに」

裕也はプリーツスカートの左側のホックをはずして、裾を引っぱった。衣擦れの音が鳴り、スカートが尻の下を抜けて、脚先から抜ける。

純白のショーツが出現した。

プリンセスのショーツは、色白の肌よりもなお白い。なめらかな腹とまっすぐそろえた両脚の間に、昨日はじめて謁見したときのドレスと同じ真珠のような光沢がきらめいている。

ブラジャーとおそろいの装飾のない実用的なデザインで、プリンセスどころか、今の女子高生でもこんな地味なショーツは穿いていないのでは、と裕也は感じる。

「下着も脱がすよ」

「うむ」

と、シーナは威厳を保ってうなずく。

両サイドに指をひっかけて、そろそろと白い布を足先へ向けて移動させる。すぐに隠されていた恥丘が現れた。

ふっくらとした丸みに刻まれた王家の秘密を守る城門は、今もぴっちりと閉ざされている。それでいて肌の曲面はしっとりと汗に濡れて、ショーツとは趣《おもむき》の異なる輝きを放った。

足先から完全にショーツを抜き取ると、裕也は緊張の度合いを上げて、自然と低くなった声で告げる。

「殿下、脚を広げます」

シーナは頬をこわばらせつつ、無言でただうなずいた。

裕也は両手でプリンセスの左右の足首を握り、慎重に広げる。もともと動けないシーナの股はなんの抵抗もなく、裕也の意のままに角度を大きくしていく。

されるがままのシーナは下唇を噛んで、かすかなうめきを洩らしていた。

「んうう……んん……くっ」

大きく開かれたプリンセスの脚の間に、裕也は膝をついた姿勢ですべりこんだ。なにも言わずに、昨夜姉の女王にしたように、左右の親指と人差し指で秘裂の両側をつまむ。

「くんっ！」

愛らしい声があがり、動かせない全身に小さな震えが走った。

裕也の目の前に、二人目の秘密の花が咲いた。しっとりと濡れた花弁が左右に開き、中心の小さな入口を飾っている。全体の色はやさしげなピンクで、記憶に新しいサンドラよりもやや薄い印象だ。

裕也は色あいの他にも姉妹の差異があるのかと、目を凝らして、熱い視線を生々しく湿った女肉に走らせる。

シーナは最も鋭敏な部分に視線を感じて、羞恥心に全身を焼かれ、また小刻みに身悶えた。

（あ、ああ、裕也くんに見られているわ。わたしのはじめてが、こんな不甲斐ないことになるなんて、くやしい……）

叫んでしまいそうになるのを、王族のプライドで懸命に押しとどめていた。それでも、どうしてもきつく閉じた唇の端から喘ぎがこぼれてしまう。

「んん……ん………」

裕也が発見した最も目につく姉との違いは、クリトリスのサイズだった。サンドラの陰核は、はじめて女性器を見た裕也にも大きめだと感じさせた。対してシーナは小さくて淡い桜色の粒が、包皮に護られて、とてもかわいい。

（ココもぼくが触ったら、乳首みたいに大きくなるんだろうか）

乳首にしたように、右手の親指と人差し指で肉粒をそっとつまんだ。

プリンセスが必死に閉ざしていた口が大きく開き、甲高い悲鳴がほとばしった。

「ああっひいっ！」

裕也の指に触れられた途端に、乳首に触れられたとき以上に猛烈な勢いで魔力が流れこんでくる。まるで自分の身体の小さな一点に、巨大な稲妻が落ちているような衝撃だ。

シーナは直接目で見えなくても、鮮明に自身の肉体の変化を感知して、そのまま叫んでいた。

「ああああっ！　わ、わたしのが、大きくなるうっ！」

「殿下のが大きくなってるっ！」

　デュエットするように裕也も声をあげた。なかば予想していたが、自分の親指と人差し指を押しのけるように、クリトリスがブルブルと震動しながらぐんぐんと膨張していく。女芯がふくれあがるにつれて、熾烈な疼きが発した。肉の突起のサイズが大きくなるほどに、疼きも大きくなり、シーナを拷問のように責めたてる。

「ひいいっ、おかしくなるうっ！　狂う！　狂ってしまうわっ！」

　今まで王族の面目を失わなかったプリンセスが、顔をもたげて、懇願の瞳を裕也へ向けた。

「どうにかして！　裕也くんの手で、どうにかしてえっ！」

「はい、殿下」

　ふくらみ、硬くしこったクリトリスを、指でしごいてやる。

「きひいいいいっ！」

　シーナの半裸身の痙攣がいっそう激しくなり、引きつった美貌が左右にふりたくられた。疼く肉芽の表面で二本の指が動くたびに、いっそう疼きが倍増していく。自慰のときに自分の指でなでる快感はまったくない。ただひたすら疼きが灼熱と化すばかりだ。

「だめっ！　そこをこすられても、疼きが強くなるだけなの！」

　わめくプリンセスの脳内に、この苦悩から逃れられる唯一の方法が閃光のごとく出現した。躊躇なく大声にして、裕也にぶつける。

「してっ！　裕也くんのペニスを、わたしの中に入れてっ！　早く入れてくれないと、死んでしまうぅっ！」

　自分がどれほどあさましいことを口走っているのか、ちゃんとわかっている。もはや恥辱も誇りも考えていられなかった。

「ああああ、裕也くん、お願いっ！」

　大粒の涙を浮かべたシーナに見つめられて、裕也は男根が硬くいきり勃つ。すでに限界まで勃起していたはずだが、スラックスの中からビキビキッと不穏な音が聞こえるようだ。苦しげに悩乱するプリンセスの姿を見て肉棒が反応することに、罪悪感もあったが、今のシーナはたまらなく扇情的だ。

「早くっ！　裕也くんも脱いで！」

「はいっ」

　プリンセスの激しい叱責を浴びせられて、裕也は飛び跳ねるようにベッドに立ち上がり、超高速で身につけた制服と下着を脱ぎ散らかした。スラックスとトランクスを一度に下ろすと、たぎる肉棒がそそり勃つ。シーナが放射する肉欲のエネルギーを受けて、今にも爆発寸前だ。

「殿下、行きます！」

「早くっ！」

裕也は勢いをつけてベッドに膝をつく。右手で肉幹をつかみ、左手でシーナの右足をかかえて、わななく女性器に突撃した。

亀頭に押し開かれた膣口から、とぷっ、と愛液があふれ出て、肉幹とシーツを濡らす。裕也から魔力を流し入れられることで、すでにシーナの体内はドロドロに蕩けていて、燃え盛る男の武器を難なくすべりこませた。

「ひっ！」

空気を切り裂くような叫びが、裕也の鼓膜をたたいた。強烈な圧力が、男根全体を握りつぶすように締めつけてくる。

「うわあっ！　殿下、きつい！」

姉のサンドラも強く締めつけてくるが、それは両腕で抱きしめられて歓迎されているようだった。シーナは侵入者を猛然と排除するかのように、ひたすらきつく圧迫するばかり。

(これが処女の締めつけなのか！　こんなことで、負けてたまるか！)

両腕でガッチリとプリンセスの両腿をかかえて、渾身の力をこめて腰を引く。膣口から肉幹が姿を現すと、鮮血が流れ出て、シーツを赤く染めた。

流血とともに、シーナの叫びが著しく変化する。

「ひっ！　きひい！　ひぃぃぃぃぃいいいい……………気持ちいいっ！」

シーナの膣内に挿入されたペニスから、魔力の奔流が洪水のように、押し寄せてくる。

たちまち全身が裕也の魔力に浸されると、拷問だった疼きが一転して快感になった。

「あはあああ、いいっ！　たまらないっ！　もっと、もっと裕也くんの魔力をわたしにちょうだいっ！」

本来あるはずの処女喪失の激痛は、まったく感じられない。疼きが反転したときに、いっしょに痛覚も逆転したようだ。その異常さが一瞬だけ意識にひっかかったが、すぐに悦楽の潮流に押し流されていった。

自分の手で胸と女性器を愛撫するときとは違い、性感帯だけではなく全身が愉悦の湯に洗われている。疼きの激しさから恐れていた猛々しい快感ではなく、身体がゆったりと溶けてしまうように甘い悦びだ。

雄大な魔力に包みこまれる未知の境地に、身も心も、そして魂も委ねて、シーナは自然と歓喜の言葉が出てしまう。

「はあああ、気持ちいい……なにもかもが気持ちいいわ……あっうううん、すべてが輝いているわ……」

「ぼくも気持ちいいです！」

裕也もかすれた声で返事をする。シーナ自身は夢のような快美の波にたゆたっているが、処女を失ったばかりの膣の粘膜は、今も男根を容赦も遠慮もなく喰い締めていた。裕也はプリンセスの隘路《あいろ》の中を、努力してペニスを引き抜き、また押し入れる。童貞を卒業したばかりらしい単調な動きをくりえしているだけで、肉棒全体を強くこすられる刺激に酔いしれた。

「くううっ、もう、ダメだあっ！」

シーナの恥態と処女孔の狭隘さが、裕也をいとも簡単に限界に到達させた。少しでも時間を伸ばそうと思ったが、気持ちよすぎて女肉をえぐる勢いをゆるめることができない。逆に身体が射精を求めて、下半身の動きをいっそう加速させる。

「シーナ殿下に出しますっ！」

蕩けきって威厳を失った王家の美貌が、コクコクと縦に揺れた。

「出して！　はあああ、わたしの中に射精してえっ！」

プリンセスの甘い勅命が、射精への最後の一撃となる。裕也は背骨を焼く高熱に煽られて、ひときわ強く腰を突き入れ、亀頭を最奥まで届かせた。

「出るううう!!」

「あああああっ！」

シーナは体内で熱い粘液がぶちまけられると同時に、最上質の魔力がそそがれるのを鮮明に感じた。身体の中心で快感と魔力が融合して、全身を駆けめぐる。

シーナと深くつながったまま射精の余韻に浸る裕也の目に、信じられない光景が映った。勃起したままの乳首とクリトリスが再びググッと高さを増して、三つともに小指の第二関節までの大きさになる。そそり勃った三本の女の快感のシンボルから、パリパリと銀色の細い電光が放たれる。

魔法の知識がない裕也も直観した。シーナの体内に納まりきらない魔力が放出されているのだと。

「あっおおおおおううううう！　果てるううううううううっっっ!!」

シーナの絶頂の叫びと同時に、乳首と女芯から放たれる三条の銀の電光が、天井へ向けて高く放たれる。

「うううううぅぅぅぅぅぅぅぅ…………」

叫び声が鎮まっていくとともに、電光が消失した。乳首とクリトリスも縮み、シーナの本来のサイズにもどった。

最後の声が途切れると、そのままシーナはまぶたを閉じて眠りに落ちた。

裕也がそろそろとペニスを引き抜くと、開いたままの膣口から精液と愛液がとろりとあふれる。

眠れるプリンセスを見下ろして、裕也は精液を拭こうと、背後のベッドサイドにあるティッシュへ顔を向けた。目の前にエリルの顔がある。

「うわ！」

「姫様のお世話は、自分がする。裕也殿は先に浴室で身体を洗え」

機嫌のよくないメイドの抑揚のない言葉に、裕也は異論を唱えることができなかった。すごすごとベッドを下りて、バスルームへ向かう。

エリルの雰囲気から、すぐに部屋へもどるのはためらわれる。ゆっくりと時間をかけて、壁にかけたノズルから出る温かいシャワーを浴びていると、背後でノックなしに扉が開く音がした。濡れた顔を向けると、全裸のシーナが立っていた。

「あ、殿下、わあっ！」

シャワーの飛沫の下にプリンセスが跳びこんで、裕也の裸身にしがみついた。巨乳が胸板に押しつけられ、金色の髪が濡れるのもかまわずに、唖然としたままの裕也の唇にキスをしてくる。舌を入れたりはしないで、すぐに唇は離れたが、抱きついた全裸の身体は離れない。

間近から青い瞳が裕也の顔を見つめた。

「心から感謝するわ。わたしを助けてくれて」

「いや、殿下をこの部屋まで運んだのはエリルさんだよ」

「わかっているわ。空港で、裕也くんは自分のことはかまわずに、わたしを隠してくれた。魔力を提供されたときは、いっしょに裕也くんの想いが伝わってきた。わたしが王女であることなど関係なく、ひとりの女を救おうとしていたわ」

「それは、その、あたりまえのことだし」

「王家の一員でいると、そういう想いを感じることは難しいわ。本当にありがとう」

もう一度シーナが、裕也に唇を重ねた。

裕也も両手を上げて、シーナの濡れた背中をつかんだとき、いきなり狭いバスルームいっぱいに色とりどりの薔薇の花びら舞った。

「な、なに⁉」

花吹雪の中から、サンドラのスーツ姿がすっと現れる。

バスタブの中に立って、女王陛下は両手にデパートの紙袋をいくつも下げたまま告げた。

「シーナの具合は？」

＊

塚森家の居間の丸いちゃぶ台をかこんで、裕也とサンドラ、シーナが座布団に座っていた。

裕也はあらためて女王とプリンセスのファッションをながめた。サンドラはピンクのトレーナーの上下を着ている。シーナは白いトレーナーの上下。見つめる裕也本人も、鮮やかな青いトレーナー。三人とも同じメーカーの同じ製品の色違いだ。

ちゃぶ台から少し離れた位置にある座布団に正座するエリルだけが、変わらぬメイドスタイルでいる。

トレーナーは昼にサンドラがデパートで買ったもの。塚森家で暮らすための部屋着が欲しくて、いろいろ探し求めて選び出し、裕也の分まで買ってきたのだ。

サンドラは、メイドと別れた後もひとりで銀座のショッピングを楽しんでいるときに、バスルームにこもっていたエリルから魔法で連絡を受けて、ホテルへ駆けつけた。サンドラの魔法で、裕也とシーナとエリルは塚森家まで運ばれたのだ。

それからトレーナーに着替えて、羽田空港で起きたできごとを、サンドラへ語り終わったところだ。

旅客機の主翼の片方をもぎ取り、さらにシーナから魔力を奪った奇怪な現象について、魔法の王国の三人はとくに真剣に語り合う。

サンドラは裕也にもわかるように、言葉を選んだ。

「マーハランド王国がある世界でも、天地に潜在する魔力がバランスをくずして、大きな魔力災害を起こすことはあります。これは自然現象です。この地球では人々が魔力を利用する技術を失っているけれど、自然の魔力は存在している。魔力災害が起きても不思議はないと思いますわ」

裕也は首をかしげるばかり。

「うーん。説明のつかない不思議な超常現象は、歴史上でもいろいろ起こっているけど、羽田で起きたのはそういうことなのかなぁ」

「とはいえ、人の身体から魔力が奪われるという魔力災害は、わたくしも聞いたことがありません。マーハランド王宮の学者たちにたずねてみますわ」

真顔で話し合うトレーナーの姉妹を見ていると、裕也はどうにも複雑な気持ちになる。

現在の地球の王族がトレーナーを着ることがあるのかは、裕也は知らない。

ともかく裕也がイメージする女王とはあまりにも遠い格好のサンドラは、両腕を頭上に立て、のびのびと背伸びをして大きく息をつくと、しみじみと語った。

「この服は本当に楽だわ。マーハランド王国にもどるときには、トレーナーをたくさん買って、王宮の皆にも部屋着として配りましょう」

メリンダ女王の戦いの記録に出ていた華やかな衣装の宮廷の人々が、全員トレーナーのシャツとパンツになる光景を想像して、裕也はますます複雑な気分になった。

「それは、どうなんだろう」

「あら、裕也様、なにかおっしゃいましたかしら」

「いえ、なんでもないです。それよりも今日の羽田空港の事件は、本当にシーナ殿下とエリルさんの顔が社会に知られることはないんですか」

「ホテルへ跳ぶ前に、塚森のお母様からいただいたタブレットやスマートフォンでニュースを見て、何度も確認しましたわ」

サンドラはちゃぶ台に置いたリモコンを手に取り、迷うことなく居間のテレビをつけた。昨日はじめてテレビの存在を知ったにもかかわらず、驚異の順応性だ。

今の時間はどのチャンネルもニュースを放送していないはずだが、画面の右上には『緊急報道番組』という大仰なテロップが踊っている。

画面に大きく映っているのは、滑走路を横滑りしている旅客機ボーイング767ー300の異様な姿。巨大な機体の下には、小さな人影がわらわらとたかっているのがわかる。男性アナウンサーの演出ではない本気の困惑がわかる声に、不思議すぎる映像が重なっていた。

画面下には『空港監視カメラの映像』と出ている。

無理やりに移動した機体のもとの位置に、主翼が墜落した。

次にボーイング767ー300のとなりに、銀の星に包まれた片翼のボーイング777ー300が静々と着陸する。

そして機体の上から、白い翼を広げた人影が飛翔した。

ここでアナウンサーの解説が入った。

「多数の目撃者によると、二機の旅客機を救ったと思われる女性たちは、この直後に展望フロアに入ってきました。展望フロアにいた人々が女性たちを撮影しましたが、映像はいずれもこの状態です」

画面が切り替わり、スマホで撮影したと思われる縦の長方形の映像になる。『目撃者から提供』とテロップ。

だが長方形の中には、人も展望フロアの光景もいっさい映らない。極彩色のいくつもの花がクルクルと回転しているだけだ。

デジタルカメラらしい提供映像に切り替わったが、こちらには鮮やかな体色の魚の群れが、右に左に泳ぎまわっていた。

次のスマホは、七色の蝶の大群が画面を埋めている。

「ご覧のように、近くから撮影した映像には、すべて別のものが映っています。我々も情報を提供していただける方を探していますが、今のところ、どの撮影機器による映像も同じ状態です」

サンドラがちょっと自慢げな顔になっている。

「エリルが、記録されることを防ぐおしのびの魔法を発動してくれたのですわ。王侯貴族のお付きの従者なら、必ず体得している魔法です。さすがはわたくしたちのメイドね」

エリルが深々と頭を垂れた。

「過分なお褒めをいただき、恐縮です。この世界のカメラというものにも、おしのびの魔法の効果があったのは幸いでした」

「おしのびの魔法は、わたくしとシーナも使えますわ。この先、わたくしたちがまた魔法を使っても、映像に残ることはありません」

サンドラの言葉を聞いても、裕也には不安は残った。

「でも直接目撃した人の中に、うちの近所の人たちや、東蘭高校の生徒がいたらどうするんですか？　また事故が起きたら、魔法で助けるつもりなんでしょう」

シーナがさも当然という顔でうなずいた。

「目の前で危険な状況に陥った者がいれば、力ある者が救うのは義務よ。生徒に目撃されたなら、別の場所へ転居するしかないわね」

（その場合、殿下と同棲しているぼくはどうなるんだろう）

と、裕也は不安になったが、口には出さなかった。シーナたちの行動は正しいことだと思う。

「ぼくもできるかぎり、お二人に協力します」

「ありがとう」

プリンセスがちゃぶ台の上に身を乗り出し、両手で裕也の右手を取り、力強く握った。

つながる二人の手の横に、一匹の熊が出現した。

正確には、明るい上品な紫色のテディベアが、短い手足をまっすぐに伸ばして、気をつけの姿勢を演じている。

シーナはあわてて裕也の手を離し、座布団から畳へ移動して、熊のぬいぐるみにならって直立不動の姿勢を取る。サンドラとエリルも同様だ。裕也もわけがわからないが、ワンテンポ遅れて立ち上がった。

四人に見つめられる紫のテディベアが、作り物の口を動かした。

「神聖審判団より本日の合戦の判定を伝える。ヴィル・マーハ家の勝利である。詳細は追って記録水晶を送る。以上」

熊が消えた途端、シーナが歓声をあげた。

「この勝利は裕也くんのおかげよ！」

サンドラは軽快に拍手する。裕也が聞いたことのないリズムだ。

「今日は祝勝会ね！　それにシーナの処女卒業のお祝いもしなくてはね！　ねえ、はじめての体験はどんなだったかしら？　裕也様のはどうだった？」

姉から好奇心を隠そうともしない美貌を向けられて、シーナは顔を真っ赤に染める。

「姉上の馬鹿っ！」

シーナは右手にバトンを握り、銀の星をサンドラへ向ける。いくつもの銀の星が女王へ向けて飛んだ。

「あらあら」

サンドラの右手にバトンが現れる。身体の前にいくつもの薔薇の花が咲き、飛んできた星をやさしく受け止める。

「シーナがそんなに恥ずかしがり屋だとは思わなかったわ。わが妹ながら、とってもかわいいわよ。その様子だと、裕也様との初体験はとってもよかったのね。わたくしも、裕也様ととってもすばらしかったわ」

シーナの顔面がますます紅潮していく。

「姉上は露骨すぎるわ！　女王としてどうなの！」

「あらあら」

女王はピンクのトレーナーの豊かに盛り上がる胸を揺らして、コロコロと鈴の音のごとく笑った。

第三章　勅命 黒の処女王陛下を白く染めろ！

晴れた日の昼休みには、東蘭高校の中庭は昼食を楽しむ生徒で大いににぎわっている。芝生に座って弁当やパンを食べながら生徒たちがしゃべる話題は、すべて同じだった。

謎の女性ヒーローの活躍だ。

十日前に羽田空港で旅客機を救った謎の女性は、五日前にも高層ビルの火災から、取り残された人々を、空を飛んで救出した。

三日前には、高速道路でトラックが横転して、自動車を下敷きにする事故が起こった。謎の女性はなんの機械も使わずに軽々とトラックをどかして、ひしゃげた自動車の中から一家四人を救出した。

昨日は、古井戸に落ちた幼児を助け出した。目撃者によれば、バトンの先から光るロープをくりだして、幼児を簡単に釣り上げたという。

羽田空港のときと同じく、女性の姿は写真にも映像にも残っていない。撮影したカメラやスマートフォンには、きれいな動植物の姿が映るだけだ。

それでも目撃者の証言によれば、金髪の若い美女。着ている服は毎回異なっているが、手にバトンを持っている。

物理法則を超越した謎の美女の出現に、日本中が大騒ぎになり、世界中からマスコミも押し寄せている。

東蘭高校の中庭の一角でも、他のグループと同じ話題があがっている。ひとつ違うのは、グループの中に目撃談と同じ金髪の美女がいることだ。

シーナと裕也は、クラスメートの男女といっしょに弁当を食べていた。エリルが作った弁当はとても手がこんだ料理で、シーナがお付きのメイドが作ったと言ったものだから、クラスメートからやたらと注目を浴びている。

口にクロワッサンサンドを咥えて、スマホの画面をスクロールさせていた女子が、シーナに目を向けた。

「そういえば、この金髪のミステリーウーマンヒーローがはじめて姿を現したのは、シーナさんが転校してきた日だよね」

裕也はギクッと背筋を震わせて、シーナに目を向けた。当のシーナは平気な顔をして、フォークでおかずを突いている。

「たんなる偶然だわ。東京に金髪の外国人は大勢いるのよ」

シーナの答えに、クラスメートたちは笑い声をあげる。

「そうよねえ」

「そりゃそうだ」

「それに火事のときと、昨日の井戸に落ちた子供のときは、シーナさんは教室で授業を受けてたものね」

燃えるビルと古井戸から人々を救出したのはサンドラだ。映像の記録がないので、世間では姉妹はひとりの人物だと思われている。エリルは羽田空港の後は、サポートのために近くに控えてはいるが、救助活動には参加していない。

「あー、せっかく本物のスーパーヒーローが現実に現れたんだから、会いたいなぁ」

「あの『スパークマン』の映画みたいに、わざと事故を起こせば、会えるかもよ」

「それっ！　いいアイデア！」

盛り上がるクラスメートたちに、シーナはけわしい声をかけた。

「不謹慎だわ」

たったひと言で場が静まったのは、身に備わった威厳といえよう。いったんは静かになった女子がすぐにほがらかに笑う。

「もちろん冗談よ。冗談。やっぱりシーナさんは真面目よね。そこが魅力だけど、はあああああ⁉」

笑顔が凍りつき、カクンと顎が落ちた。

シーナはクラスメートたちの大きく見開いた目が、すべて自分の背後の高いところへ向けられていると気づく。プリンセスは背後へ身体をまわした。そしてクラスメートたちと同じ顔になった。

裕也もふりむき、呆然として、見たままの言葉をこぼした。

「うさぎ……」

中庭から見える高校の敷地をかこむセメント塀の向こう側に、巨大な白い兎が立ち上がっていた。

白兎の背後には、通学路を挟んで建つ三階建てのビルが見えている。その屋上よりも高い位置に、巨体にふさわしい大きな兎の頭があり、さらに高く二本の耳がそびえた。

ペット用の兎らしいきれいな白い身体は、テディベアのような作り物のぬいぐるみではなく、リアルな本物の兎だ。それなのに赤いベストを着て、左右の丸い穴から前脚を出している。

巨大兎はいきなりジャンプして、楽々と塀を跳び越え、校舎に挟まれた中庭の端に着地した。ドスンと地響きが轟き、芝生混じりの土煙が舞い上がる。幸いにも、ベスト付き白兎の尻の下に生徒はいない。

あまりにも現実離れした光景に、兎を目にしている誰もが言葉を失い、ワンテンポ後に叫び声が湧き起こった。絵や映像で見たなら、奇妙ながらもかわいい光景かもしれないが、現実に接すると動く巨体に恐怖しか感じられない。

中庭の生徒たちが、いっせいに白兎の反対側へ向かって、校舎の間を走りだす。

だが逃げる生徒たちが向かう広いグラウンドの真ん中に、いきなり巨大なレッサーパンダとコアラが出現した。どちらも三階建ての校舎より背が高く、レッサーパンダは黄色いベストを、コアラは緑のベストを着ている。

たちまちグラウンドは逃げ惑う生徒が右往左往して、大混乱に陥った。

生徒がいなくなった中庭では、シーナと裕也だけが立ち止まり、巨大兎を見つめている。

裕也もそばにシーナがいなければ、とっくに逃げ出しているところだ。

(殿下を守らなくちゃいけない！)

強い想いが、どうにか両足を踏んばらせていた。

シーナはまっすぐに、頭上の大きな赤い瞳をにらんでいる。すでに右手に銀の星のバトンを握っていた。

「あなたが魔法の人形だということはわかっているわ」

「やっぱり魔法で動いているんだ。マーハランド王国のテディベアみたいに」

「そうよ。生々しい外見だけれど、命のない人形だわ。地球でいうロボットと同じよ」

バトンの銀の星を、白兎の顔へ向けて突き出した。

「これ以上騒ぎを大きくしないで姿を消すなら、わたしはなにもしないわ」

兎の長い耳がひょこひょこと動き、白い顔に嘲笑めいた表情が浮かんだように見えた。

右の前脚をふわりと上げて、校舎の二階部分にたたきつける。毛の生えたモフモフした足の裏が当たった壁が音を立てて砕け、窓ガラスが何枚も割れて、瓦礫と鋭い破片が芝生に降りそそぐ。

偶然巨体がぶつかったのではなく、はっきりと意志をもった破壊行為だ。その証拠に瓦礫の崩落が終わると、兎は『さあ、どうだ』という顔でプリンセスを見下ろした。

「わかったわ。あなたを消さねばならない」

シーナがバトンを横に一閃させた。先端から銀の星がいくつも飛び、機関銃の弾のごとく兎の白い腹にぶつかる。

しかし兎は苦痛の顔を見せず、まるでくすぐったいかのように両方の前脚で腹をなでるだけだった。

「魔法に対する防御がされているわ。かなり強固な防御よ」

白兎は前歯を剥き出して、たちの悪い笑顔をつくる。そして後ろ脚でジャンプした。わざと身体を校舎にぶつけて、教室を粉砕して、上空へ飛んだ。兎の赤いベストの背中から、赤い鳥の翼が広がった。

シーナも臙脂色のブレザーの背中から、白い光の翼を広げる。

「姫様、お待ちを！」

大声とともに、ついさっき巨大兎が跳び越えたばかりの塀を、エリルがひらりと跳び越えて姿を現した。着地すると同時に、オリンピックの百メートル走のメダリストも青ざめるスピードで突っ走り、シーナの周囲を一回転した。

シーナが着ていた東蘭高校の制服が、白いトレーナーの上下に変わっている。いったいどうやって脱がしたのか、エリルは両手にブレザーとスカートとブラウスを捧げ持っていたが、それもすぐに消えた。エリルのどこかへ収納するメイド魔法だ。

「その衣装なら、姫様が東蘭高校の生徒だと疑われることはないでしょう。他の二匹の獣は、サンドラ陛下とわたしが相手をします」

「お願いするわ」

白いトレーナー姿が、頭上の空飛ぶ巨大兎へ向かって飛翔する。

裕也がグラウンドへ顔を向けると、巨大レッサーパンダが前脚の爪で体育館の屋根を引き裂き、巨大コアラが校庭に生えている木をすごい勢いで食べている。すでに何本もの木が、切り株だけを残して消え失せていた。

そのコアラの頭に、極彩色の薔薇の花が次々とぶつかった。有袋類の頭上に、ピンクのトレーナーを着た女王が白い翼を広げて浮かんでいる。

レッサーパンダの全身には、大量のメイドたちがたかっている。以前にエリル本人に聞いた話では、メイド隊も魔法で動く人形だという。普段はメイド魔法の収納術でどこかにしまっている。気がつけば、今の今まで裕也のとなりにいたエリルの姿はない。

「殿下も、陛下も、エリルもがんばってる。ぼくも手伝えることがあればいいんだけど」

「手伝えることはございます、裕也殿」

背後から、知らない声をかけられた。

「誰だ⁉」

驚いてふりかえると、知らないメイドが立っていた。エリルと同じ白いメイドキャップを頭に飾り、エリルと同じ青い半袖とスカートの服、そして白いエプロン。

しかしエリルのメイド服が明るい青なのに対して、このメイドの服は暗い青。

そして胸の部分が広く開いて、豊かな乳房の谷間が覗いている。

「フルル・マーハ家のために、裕也殿の魔力をお使いください」

「そ」

裕也の左右の脇腹を、メイドの両手が触れた。

裕也の身体がどこかに収納されて、消え失せた。

*

裕也は、春の陽射しが充満しているような心地よい空間に浮かんでいた。

重力を感じないふわふわした空間を見まわすと、周囲にさまざまな家具や道具や食料品や使いみちのわからない、いろんな物が大量に浮かんでいる。数えきれないが、どこまでも果てのしれない空間なので、窮屈な感じはしない。

「これがメイド魔法でなんでも収納する場所なのか。知らないメイドに、ぼくもしまわれちゃったのか⁉　うわあっ！」

　身体が上下左右前後のどこかへ引っぱられる気がした。

　そして、ロングソファの上に腰かけていた。

「なっ、ええっ、なに⁉」

　目に入ったのは、広々とした部屋。天井と壁は真新しい白さ。ピカピカの板張りの床に、ソファやテーブルがぽつんぽつんと置いてある。昼の陽光が燦々と入る窓ガラスの外には、高所からながめる街並の展望が広がる。はっきりとわかる生活感のなさは、完成したばかりの高級マンションのリビングという雰囲気だ。

　裕也の目の前には、東蘭高校の中庭で見たメイドがうやうやしくひざまずいている。

「裕也殿を収納したことをお詫びいたします。わたしはフルル・マーハ家にお仕えするメイドのテレザでございます」

　あらためてテレザと名乗るメイドをよく見ると、髪は亜麻色。長く伸ばした後ろ髪をひとつにまとめて、背中の中ほどまで垂らしている。

　明るい茶色の瞳を持つ目は、やや目尻が下がっていて、整った鼻や口とともに、セクシーな雰囲気をかもしだしている。

ひざまずいているおかげで、白いエプロンを大きく盛り上げる胸の深い谷間がはっきりと覗けた。テレザのバストサイズはあきらかにシーナよりも大きく、サンドラにも負けない豊満さを、裕也に見せつける。

「そんなことはどうでもいい！　ぼくをシーナ殿下たちのところへもどしてくれ！」

立ち上がって叫ぶ裕也の言葉を完全に無視して、新たなメイドはひざまずいたまま、滑るように身体をまわし、右手で部屋の奥を示した。

「そして、あちらにおわします御方こそ、マーハランド王国の女王クリエムヘルミナ・フルル・マーハ陛下でございます」

「この部屋にはぼくとあなたしかいない……」

裕也の声が、闇に呑まれて消えた。日光が入る窓を閉めたわけでもないのに、室内が真っ暗になり、自分の手も見えなくなる。光だけでなく、音も消えて、自身が発する声も聞こえない。

(なにが起きてるんだ!?　あれ？)

ふいに闇の中から、音楽が聞こえた。弦楽器と打楽器と笛の音色のようだが、裕也が聞いた記憶のない音だ。

闇が、光で切り取られた。

光の球が闇の中に現れ、そこにひとりの女が立っている。

おそらく裕也やシーナと同じくらいの年齢だろう。黒い肩までの髪に縁どられた顔は、シーナに似た白い肌が際立っている。頭には、透明な水晶を並べたティアラが輝く。切れ長の目には、黒曜石のような瞳が輝き、冷ややかな眼光を裕也に向けてくる。ツンと高い鼻と、小さめの唇は、力強さとともに怜悧な美しさを造形していた。身につけているのは黒いドレス。サンドラとシーナが最初の日に着ていたドレスと同じく豪華なフリルやリボンで飾られているが、華やかさよりも神秘的な印象を受けた。

それでいてシーナに匹敵する胸のふくらみが生々しい。立派な巨乳だ。

普通のドレスとは違って、ロングスカートの前面の布がなく、下半身を包む黒いスパッツがあらわになっている。スパッツの長さは太腿のなかばまでしかなく、膝下まで届く黒いブーツとの間に、白い素肌の脚線美が描かれた。

右手には黒いバトンを持ち、その先端には白い三日月がほんのりと光っている。

「わたしがマーハランド王国の女王クリエムヘルミナ・フルル・マーハである！　裕也には格別の厚意をもってミナ陛下と呼ぶことを許す！」

ミナ女王の言葉は、闇の中から奏でられる不思議な音楽に乗って、メロディがついていた。

「わたしこそマーハランド王国の唯一無二の真正なる女王！　ヴィル・マーハ家の者どもがなにを訴えようと、わが盤石なる王座は小動《こゆるぎ》もしない！　裕也もしかと肝に銘じよ！

女王の威光に感じ入るがよい！」

　ひとしきり唄うと、両手を広げて、バトンの三日月を掲げた。

　闇が消え、太陽の光がもどった。明るくなったミナ女王のかたわらで、メイドが口に縦笛を咥え、手に竪琴を構え、器用に足で太鼓をたたいている。

　気取ったポーズを決める現女王に、裕也は自分から詰めよった。

「ぼくをここに連れてくるために、高校にでかい兎を出したのか！」

　前に立つと、ミナは背が低い。シーナやサンドラよりも小柄だ。水晶のティアラを見下ろすことになる。それでいてバストは大きいので、胸のふくらみがよく目立った。

「ああ、そうだ。サンドラたちの気をそらさないと、裕也を連れてくるのが面倒なことになる」

「あんな怪物を暴れさせて、人が死んだらどうするつもりだ！」

　激しい怒声にも、現女王は平気な顔だ。

「死人など、出すわけがない。こんなことで死人を出してしまえば、神聖審判団からどんな罰が下されるのか、想像もできないからな。サンドラたちなら少しは時間がかかるだろうが、兎たちを消滅させせられる。今は、そんなことはどうでもよい。重要なのは、王位戦争におけるヴィル・マーハ家の不公正を正すことだ。サンドラとシーナだけが偉大なメリンダ・エメル・マーハ陛下由来の魔力の提供を受けるなど、神聖審判団が許しても、わたしは認めぬ。わたしも裕也から魔力をもらうぞ！」

「それは、ぼくと、つまり、そういうことをするってことか」

「当然そうだ」

「そんなこと、絶対にいやだ！　サンドラ陛下とシーナ殿下を裏切ることなんか、できるものか！」

　相手が男なら、裕也は激昂して突き倒していたかもしれない。今はミナの脇をかすめて、背後の出口らしいドアへ向かってダッシュした。

　あと一歩で伸ばした右手がドアノブに届くというところで、裕也の足が止まった。部屋の床や壁から、葉を繁らせた蔦が伸びて、手足にからみついている。

「これも魔法か！」

　蔦の見た目はただの細い植物で、手足を動かせば簡単に引きちぎれそうなのに、鋼鉄の鎖のごとくびくともしない。懸命にあがいても、多数の葉が笑いさざめくようにカサカサと揺れるだけで、自由を奪われたまま一歩も進めなかった。

　逆に蔦に引っぱられて、最初にいたソファの上まで後退して、そのまま腰をかけさせられた。ミナが三日月のバトンをクルリと回転させると、新たにソファの背もたれやクッションの表面から蔦が生えて、裕也の手足に巻きついた。今まで手足に巻きついていた蔦が交替するようにほどけて、スルスルと壁や床の表面に消えていった。

ロングソファの中央に腰かけた状態で緊縛された裕也の前に、ミナが立った。

「さあ、裕也。メリンダ陛下の魔力をもらうぞ」

月のバトンを消して、両手の指でスラックスのベルトをはずし、ファスナーを下げた。

「やめろっ！　ぼくはそんな気は絶対にないっ！」

スラックスとトランクスが同時に、現女王の手で足首まで引きずり下ろされる。

現れたペニスは、所有者の宣言通りに力なく垂れ下がった。

ミナは頭の水晶をきらめかせて、黒く輝く瞳で勃っていない男根をにらみつける。

そして叫んだ。

「無理ッ！　やっぱり無理無理無理無理無理――――ッッ！」

背後に跳びすさり、無理無理無理と言いつづけながら床を転がって離れていく。

「なんだこれ!?」

裕也が驚いていると、ミナの混乱の影響なのか、手足の蔦が勝手にほどけた。これ幸いとソファから立ち上がり、足首まで下がったスラックスとトランクスを上げようとする。

だが背もたれの後ろから伸びた六本の手に、肩と両腕をつかまれて、裕也はまた座らされてしまう。

ふりかえると、ソファの後ろにテレザと同じ服を着た三人のメイドが立っている。テレザとは対照的な清楚可憐な顔つきだが、全員が写真のコピーのようにまったく同じ容貌と体形だ。

「わたしのメイド人形でございます。ヴィル・マーハ家のエリルも同じ人形を使いますでしょう」

「離せっ！」

メイドたちから逃れようと、裕也は全力であがいた。しかし肩と両腕をつかむ華奢な六本の手はびくともしない。可能なことは、せめて両脚をきつく閉じて、垂れたペニスと睾丸を隠すことだけだ。頭をのけぞらせると、三体のメイドのかわいい顔が愛らしく微笑みつづけている。人間離れした腕力で大の男を押さえつけているとは思えない、涼やかな笑顔だ。

テレザが壁際に転がる現女王に駆け寄った。

「クリエムヘルミナ陛下、御気をしっかりお持ちくださいませ。女王の責務を果たすときでございます。ようやく成就したフルル・マーハ家の宿願を護らなくてなりません」

ミナは顔を上げて、フルフルと左右に振った。

「こんな見ず知らずの男のモノに触るなんて、絶対に無理よ」

「男根など、王座を維持するただの道具にすぎません」

「わたしは処女なのよ。淫乱なサンドラやシーナとは違う」

下半身まるだしのまま拘束放置された裕也は、現女王とメイドのやりとりを聞かされて、困惑で頭がグルグルしてしまう。

（なんだよ、これは！　人を拉致しておいて、今さらなにをジタバタしてるんだ！　無理なら、こんなことをするなよ！　いや、はじめから計画そのものが間違ってる！）

「いいかげんに」

どなろうとした裕也の前に、テレザが立った。

「ご安心を召されませ、クリエムヘルミナ陛下。このしょんぼりした男根に、フルル・マーハ家の御役に立つように活を入れましょう」

「おまえらなんかに勃たないと言ってるだろう！　絶対に勃起しないぞっ！」

どなる裕也に、テレザがにんまりと笑いかけてくる。

「ふふふふ。裕也殿にメイド魔法の本領を披露いたしましょう。勃起不全に陥った御主人様にお力添えするのも、メイドの務めでございます」

テレザの口から舌が現れて、自身の唇をねっとりと舐めまわした。それだけでも充分にセクシーな仕草だ。伸ばした舌の先から、透明な唾液が滴り、裕也の閉じた太腿に降りかかる。唾液はテレザの意志に操られているかのように、すばやく太腿同士のごく狭い隙間に潜りこんで消えた。

裕也は感じた。両腿の間に挟んだペニスの根もとから亀頭まで、温かい液体に濡れていく。

「ふわっ！」

肉棒がカッと燃えた。自分の目の前で閉じた太腿を割って、高熱のペニスが飛び出した。鈴口から赤熱した杭を打ちこまれたように、一瞬でキリキリと勃起する。

そそり勃って赤く色づく亀頭から目を上げると、テレザの満足げな視線とぶつかる。自分のメイド魔法の効果を誇っていた。

「いかがでございますか。今すぐ燃え盛る男の槍から、精液を吐き出さずにはいられないでございましょう」

「そんなことはない！　射精なんかするもんか！」

大声でどなったが、内心では戦慄していた。裕也の意志とは関係のない激しい硬直が、逆に裕也の意識を侵食するように、猛々しい性欲として噴き上がってくる。もし手が自由なら、今すぐ自慰をはじめて、欲望を吐き出すのを止められない気がする。

「抵抗とがまんは無意味でございます」

ふいにメイドの指先で、亀頭をこすられた。

「あううっ！」

瞬間、電撃のような快感が亀頭から肉幹へ走り、下腹部から脊髄を貫いて脳まで届いた。

「ふあああああああっっ!!」

裕也の決意を無視してペニス全体が大きく震えて、鈴口から白い噴火が起こった。大量の精液が猛烈な勢いで飛び、空中に白い放物線を描く。

「クリエムヘルミナ陛下、御受けくださいませ」

テレザが指で空中の精液に触れると、床に向かっていた白い奔流が、重力に逆らって再び上昇した。予想しなかった射精の快感に痺れる裕也の目に、自分の精液がミナの顔にぶっかけられる光景が映る。

現女王の叫びが部屋に反響した。

「ひぃあああああああああっっ！」

美貌が精液でドロドロになり、大きく開いた口の中に流れこんだ。頬や顎から垂れる滴が、黒いドレスを白く汚す。一国の支配者にあるまじき姿になって、全身をわななと身悶えさせた。

「これが……これが偉大なるメリンダ・エメル・マーハ陛下由来の魔力……これが裕也の魔力……あああ、なんとすばらしいのっ！」

歓喜の声が、驚嘆の言葉が、精液に濡れた喉の奥から、こんこんとあふれてくる。

ミナは自分で告白したように、男との経験がない。貴族の女ならあたりまえの行為である、男からの手の甲へのキスすら許したことはない。肉体の接触で魔力の交換をするマーハランド王国では、かなり珍しいほうだと自覚している。

すべては母親の教育の結果だ。ミナの母は、ヴィル・マーハ家から王位を奪い取り、自分の娘のミナを女王にすることを生涯の目的とした。そのために娘の魔力を強くしようと、女とだけキスや抱擁をさせてきた。理由はミナにもわからないが、母は娘が男に触れることを厳禁としたのだ。

ミナ自身も、正直なところ、自分の母親は精神的に偏りがある、と感じていた。母は過去に、男とろくでもない体験があったらしい、と察している。

とはいえ実際に母の言いつけを守って、ヴィル・マーハ家との戦争に勝利して、ミナはマーハランド王国の女王の座に就いたのだ。

それなのに、異世界に住むメリンダ・エメル・マーハ女王の子孫である男と交わり、処女を捨てなくてはならない、と母親から命令された。王座をヴィル・マーハ家から護るためとはいえ、今さらそんなことができるだろうか……。

今までは、そう考えていた。裕也の魔力が宿る精液を浴びる前までは。

(欲しいわ！　もっと裕也から魔力が欲しくてたまらないわ！)

魔力への欲求は、同時に湧き起こる性欲になった。いまだかつて体験したことのない苛烈な欲望が、身体の奥の女の部分からグツグツと煮え立ってくる。

(これが、母上は否定していたけれど、他の大人たちが言っていた本当の魔力の交換なのかしら……)

「クリエムヘルミナ陛下、どうぞ御身を焼く欲望のままに、裕也殿の魔力を貪りなさいませ。それが女王の権限でございます」

テレザの言葉とともに、新たな三体のメイド人形が出現して、ソファに座ったままの裕也の身体から衣服を剥ぎ取った。ブレザーやシャツのボタンをはずさないで、布を破ることもなく、手品のように裕也は全裸にされてしまう。

体内で燃え盛る性欲の炎に煽られて、裕也は無意識に腰を前へせり出し、左右の脚を広げていた。勃起ペニス全体が、熱せられた上昇気流に翻弄されているように大きく揺れている。

剥き出された裕也の裸体を、テレザが値踏みする目で舐めまわしてから、両手の上に白いバスタオルのような大きな布を出した。手品に見えるが、当然メイド魔法だ。

バスタオルでミナの全身を包んで、数秒でまたバスタオルを消した。現れた現女王の姿からは、浴びせられた精液も黒いドレスもなくなっている。

残ったのは、白い肌を飾る黒いブラジャーとスパッツだけ。

「きれいだ」

裕也は素直な言葉を口に出していた。

ミナは背が低いが、子供っぽい身体つきではなかった。フリルで飾られた黒いブラジャーに抱かれた乳房は、シーナと優劣をつけられない大きさを誇っている。

ウエストは健康的な曲線を描き、黒いスパッツにつづく。ドレスを着ていたときには、裕也もスパッツをとくになんとも思わなかったが、今は同年代の女の下半身にぴっちりと貼りつく黒い布がセクシーに見えてしかたがない。

あらためて目を凝らせば、太腿や尻の形が鮮明に浮かび上がっている。下腹部のなめらかな輪郭の先にある、恥丘のふくらみまでも見て取れるようだ。なによりスパッツのどこにも下着のラインは見いだせない。

そして黒いブラジャーとスパッツのおかげで、肌の白さがいっそう際立っている。けっして不健康な印象はなく、神秘的な美しさで輝いて見えた。

裕也に下着姿を見つめられるミナも、裕也の全裸を見つめている。

「これが、男の身体……」

ついさっきまで、男の肉体に興味を持てなかったが、今は裕也の裸身から目を離せない。裕也の体格は平凡だ。痩せても太ってもいない。健康で筋肉質だが、とりたててマッチョというわけでもない。そそり勃つ股間の武器も、性欲が最高潮に燃え盛っているが、やはり長さも太さも平均的。

それでもはじめて目にする男そのものに、現女王は魂を奪われた。メリンダ・エメル・マーハ女王の魔力に魅入られた結果だとしても、抵抗することはできない。なにより自分とフルル・マーハ家の王座を護るためだという大義名分も後押ししてくれる。

できるかぎり女王の威厳を保って、裕也へ告げた。

「裕也の魔力をもらうぞ！」

裕也は拒否の言葉を言えなかった。頭に浮かんだ言葉を口にする前に、ミナの下着姿が迫ってきて、女王の細い手の指が裸の膝に触れた。新たな電撃が全身を駆けめぐり、また射精しそうになる。

ミナは俊敏な身のこなしでソファの上に乗り、裕也の太腿をまたいだ。

裕也のすぐ目の前で、黒いブラジャーに包まれた巨乳が弾む。太腿の上にミナの腿が乗る。すべすべした肌の感触に体重が加わり、とても心地よい。

（だめだ！　だめだっ！　もうだめだっ！）

裕也の抵抗の意志は、自身の欲望に完全に砕かれていた。メイド人形たちの手が離れれば、即座にミナを抱きしめて、ブラジャーとスパッツを剥ぎ取っているところだ。

ミナのほうは困惑していた。勢いで裕也の上に乗ってしまったが、これからどうすればよいのか、わからない。セックスの知識はあるのだが、ミナが教えられた由緒正しい王侯貴族のベッドでの初体験とは、なにもかもが異なっている。

困惑のなかでも、裕也の素肌に触れる下半身から魔力が流れこんでくる。身体中の熱い疼きが大きくなっていく。猛る本能が、ミナに告げた。

（キス！　そう。そうだわ。キスをするのよ！）

本能に押されて、ミナは両手で裕也の裸の胴体をつかみ、目の前の男の唇に突進した。

女同士でキスすることには慣れていたが、今は射られた矢のようにまっすぐにぶつかっていく。痛いほどの衝撃で唇同士がぶつかったが、意に介さずに、そのままキスに没頭した。

「んっ……ううん、んふ……んん……」

体内の熱を排出するように喘ぎがこぼれる。頭の中では歓声が渦巻く。

(あああ、魔力が流れてくる！　キスだけでもすごい！)

もっと魔力を掘り起こそうと、ミナは舌を裕也の口の中へねじこみ、発見した男の舌に舌をからませる。女同士のディープキスは何度もくりかえしてきたが、ミナには裕也と女たちとの舌触りの差は判別できなかった。

しかし匂いは違う。今まで知らなかった匂いが、鼻だけでなく口の中にも充満している。はじめて嗅ぐ男の匂いも、おなじみのぬるぬるした触感も、ともに胸が弾むほど気持ちがいい。

キスに集中しながら、無意識に腰が動いていた。黒いスパッツの股間を裕也の勃起の裏側に押しつけて、上下にこすりはじめる。

「うんっ！」

意識しない動きが、甘く熱い快感を生む。重なる唇の隙間から洩れる声が、より高くなった。

「はあっ、くんんん……はううん……」

スパッツを何度もこすりつけるうちに、恥丘のふくらみが割れて、たぎる肉幹が内側に食いこんだ。薄い布を挟んで、ミナの昂る女肉と裕也の燃える男肉が密着して、互いに刺激し合う。

ミナはキスを離して、首をのけぞらせてよがった。

「あああ、いいっ！　こすれるうっ！」

「くううう！　ぼくもしごかれて、気持ちいいっ！」

裕也の男根はメイド魔法にかかって、最初から二度目の射精が爆発寸前だった。女の最もやわらかい部分で上下にしごきたてられて、一気に限界を突破してしまう。

「うあああ、また出るっ！」

裕也の腰がソファから跳ね上がり、ミナはとっさに両腕で裕也の胴体にしがみつく。いっそう強く密着した黒いスパッツの裂け目に、亀頭が包みこまれた。

「出るううううっっ!!」

スパッツの奥に半分潜りこんだ亀頭から、一度目以上の大量の精液がぶちまけられる。

「あっひいいいいいいいっっ!!」

ミナは背中を弓のように反らせて、バランスをくずし、裕也の太腿の上からズルズルと落ちた。そのまま背中から床に倒れそうになるが、テレザが主君の背後にまわり、身体を支えた。

結果として裕也の目の前で、ミナは大きく両脚を広げた姿勢で止まった。現女王の下半身にぴっちりと貼りついた黒いスパッツの股間から下腹部まで、精液で白く染まって、射精の勢いを際立たせている。

裕也は、女の身体や衣服を汚したセクシー映像やグラビアは好きではないが、自分が放出した体液にまみれる美女の姿態には、心臓が高鳴った。なによりスパッツの恥丘のふくらみが左右に開いて、その内側に精液が溜まっている様子には、脳が沸騰する。

「すごくいやらしい！　いやらしすぎるよ！」

裕也は頭の中の叫びを、そのまま大きく口に出していた。

その大声も、ミナの耳には届いていない。自分のメイドに抱きかかえられて、大股開きの全身をピクピクとわななかせている。

「あ……んんん……はっあああっ……」

薄い布を透して、精液の温かさとぬめりを鮮やかに感じていた。下半身から立ち昇ってくる独特の匂いも、鼻から肺に満ちてくる。

（ぬるぬるしている……精液がぬるぬるしているのをはっきり感じるわ……あああ、また、わたしの身体の中に流れこんでくるう……）

裕也の精液はスパッツの表面でとどまっているが、裕也の魔力は布を通過して女性器から体内へ染みこんできた。

「はううううっっ！」

ビクンッ！　ひときわ大きく身体が痙攣して、黒いブラジャーに包まれた豊かな乳房がふるふると上下に揺れた。

（あああ、果てるっ！）

ミナは絶頂に達したと思った。自分の指で女性器を愛撫するオナニーなら、確実に限界を超えている快感を、肉棒をこすり、精液を浴びることで味わっていた。

しかしエクスタシーに届きそうで届いていない。身体中で官能のエネルギーが嵐となって吹き荒れているのに、解放されない。

（こんなことは、はじめてだわ！　果てたいのに果てられないのが、こんなにじれったいなんて！　あああ、おかしくなってしまいそう！）

ミナの右手に黒いバトンが出現した。先端の白い三日月を、自身の精液が染みこんだスパッツへと向ける。

スパッツの中心がひとりでに縦に裂けた。黒い布と白い恥丘が左右に広がり、内側から淡いピンクの女肉の花が現れる。

生まれてはじめて男の前で咲いたミナの花は、体内から噴き出る肉欲に押されて、華々しく開花していた。二度も精液を浴びせられたおかげで、肉体そのものが溶けだしているかのようにあふれる花蜜で、肉襞も、中心の秘孔も、べっとりと濡れてきらめく。

そしてミナの肉体に、著しい変化が起きていた。裕也はまた発見をそのまま口に出してしまう。

「クリトリスが大きくなってる！」

「えっ、あああっ！」

ミナはあわてて自分の股間に目を向けて、驚愕の声をあげた。昂れば陰核が硬くなるのは当然だが、今はミナ本人が見たことのないサイズにふくれあがっている。

(小指の先くらいになっているわ。こんなことって……)

大きくなっただけでなく、肥大した勃起肉芽の内側から電気が発生しているかのように、ビリビリと強烈に疼きはじめた。

「シーナと同じだ。ぼくから魔力を受けたシーナのクリトリスも、同じくらいの大きさになった」

裕也は気づいていなかった。シーナが聞いたら激怒は間違いなしの、とんでもなく恥ずかしいことをミナへ告白していることに。

現女王は黒い目を見張って、問いただす。

「シーナもこうなったのか！　シーナもココが疼いて、耐えきれなくなったのか!?」

質問をしておいて、ミナは返答を待たなかった。再び裕也の太腿の上に乗り、また両手で裕也の胴体をつかんだ。

裕也はメイド人形に押さえつけられて、現女王にされるがままになるしかない。

ミナは朱色に染まった美貌を裕也の顔へ迫らせて、自分の願望を叫ぶ。

「わたしは耐えられない！　裕也の男の槍をもらう！」

裕也は思わず返事をしてしまった。

「はい、ミナ陛下」

現女王が膝を曲げて、露出した女の花をそろそろと男根へ向けて下げていく。

ミナの股間をくぐって、テレザの両手が裕也の肉幹を握った。さながら国旗の旗竿を掲げるかのごとくうやうやしく勃起ペニスの角度を変えて、主君の女性器の真下へ亀頭を持ってくる。

忠実なメイドの尽力によって、現女王は難なく膣口で亀頭を捉えられた。

「ひいっ！」

亀頭が直接触れた瞬間に脚から力が抜けて、すとんと腰が落ちる。自身の体重によって、男根が付け根まで挿入された。

「くううっ！」

ミナの人生ではじめて知る痛みが、胴体を貫通した。ここで苦痛の声を出したら女王の威厳が失われるという思いが、歯を食いしばらせる。それでも唇の端からかすれたうめきがあふれてしまう。

「……んくう……ううう……」

反対に裕也は大きな感嘆の声を放った。

「きついっ！　ミナ陛下の中、すごくきついです！」

処女ならではの狭隘さと猛烈な圧力に襲われて、もともと動かせない裸身をさらにきつく縛られたようだ。

肉幹を打ちこまれて広がった膣口から赤い鮮血が滴り、裕也の股間とソファを染めた。処女喪失の流血と交換するように、膣内のペニス全体から膨大な魔力がそそがれてくる。ついさっき浴びせられた精液から流れこんだ魔力の何倍もの量。

魔力の奔流が体内をめぐると同時に、破瓜の苦痛が反転して、深い快感に浸された。精液を浴びたときの全身が痙攣する過激な快感ではなく、全身の内側と外側を同時にやわらかく包みこまれるような、不思議とやさしい愉悦に満たされていく。

「あああ、気持ちいいわ。これがメリンダ・エメル・マーハ陛下由来の悦び」

もともと絶頂寸前のままおあずけをされていたミナは、温かい歓喜の大波に持ち上げられて、待ちに待った悦楽の頂点へ到着した。

「はあああああ、果てるうううう!!」

テレザがメイド人形たちに命令したのか、裕也の肩と腕から六本の手が離れた。

裕也は解放を喜ぶよりも前に、両腕を現女王の背中へまわして、強く抱きしめていた。

小柄な身体が腕の中にすっぽりと入り、黒いブラジャーに納まっている豊かな乳房が胸板に押しつけられて柔軟にたわむ。

ペニスを女王の肉に強く包まれ、腕で女王の身体を強く抱くだけで、裕也は三度目の射精のスイッチが入った。一段と熱い快感の流れが、尿道を焼いて、亀頭へと疾駆する。

「あああああ、ぼくも出るう!!」

ぶるっ！　と、全身を震わせて、より強くミナを抱き、唇を重ねた。

ミナはキスを受け入れたが、すぐに顔を振って、甘く溶けた声をあげる。

「あんんん、出されている！　わたしの中に熱いものが出されているわ！　蕩けそう！ あああ、身体が蕩けちゃううう！」

膣内だけでなく、全身に精液と魔力が染みこみ、体内がいっぱいになった。挿入と同時に翔け昇ったエクスタシーの頂点から、さらに高い場所へ噴き上げられる。

「果てちゃう！　また果てるううううっ!!」

抱き合う二人の胴体の狭間から、三つの細い電光が出てきて、踊るように揺らめいた。

ミナはそれが自分の身体に納まりきらない裕也の魔力であり、膨張した二つの乳首とクリトリスから発しているとわかる。

「あああ、魔力があふれている！　気持ちいいいっ！」

そこでも終わりではなかった。スパッツの尻たぶに裕也の両手がまわって、十本の指が強く食いこんだ。

「もっとミナ陛下としたい！」

「えっ、はおうう！」

尻を大きく揺さぶられて、体内を硬い肉槍にかきまわされる。新たな快感が全身を巻きこんで、渦潮のように大きくうねった。

「あああぁ、すごい！　気持ちよすぎるう！　気持ちいいのが止まらない！」

絶頂から下りることを許されずに、新たな快感を次々と送りこまれる。

いつの間にかブラジャーのカップがずれて、あふれた乳房と乳首が裕也の胸板にこすりつけられた。チラチラとミナの目に入る二つの乳首は、予想した以上に大きい。小指の第二関節ほど膨張したピンクの肉筒が、裕也の肌にこすれるたびに細い魔力の電光を発して、乳肉を痺れさせた。

胸と女性器の快感がひとつに融合して、強くやさしく満たされ、ミナは何度も言葉にしていく。

「あああぁ、また果てちゃう……はうう、果てるう……果てるううん………」

＊

裕也はミナの中に三度放出して、ようやくテレザにかけられた性欲増進の魔法の効果から解放された。大きく息をついてミナの身体を持ち上げて、ロングソファの自分の右側へ座らせた。

現女王は陶酔した表情で背もたれに身をあずけ、両脚をだらしなく開いて伸ばした。ブラジャーがずれたままで、汗に濡れた巨乳が露出している。スパッツの中心から覗く女性器は閉じようとせず、膣口から精液と愛液が混ざった粘液がとろとろとあふれ出ている。

膨張した乳首と陰核は、すでにもとのサイズにもどっていた。

(うわあ、すごくいやらしい)

裕也は目を見張ったが、直後にテレザがバスタオルでミナの全身を包んだ。タオルがどこかへ収納されて消えると、またもや身体からいろいろな体液がきれいに拭い取られている。ブラジャーがもとの位置にもどり、乳房がきれいに収まった。スパッツの裂け目も修復されて、恥丘が隠された。

「できれば、ぼくもさっぱりしたいんだけど」

裕也の言葉に、メイドは笑顔でていねいに応じた。

「この部屋には浴室もございます」

「自分でシャワーを浴びて、さっぱりしろということか」

心地よい疲労に包まれた裸身をソファから立ち上がらせた瞬間、目の前に大量の銀の星と黄色い薔薇の花びらがあふれて、その中から三つの影が出現した。

土埃で汚れた白いトレーナーを着たシーナ。

金色の髪が乱れるサンドラ。

両手やつま先に得体のしれない液体がべっとりと付着したエリル。

プリンセスと女王はともに、右手に自分の魔法のバトンを強く握っている。

ミナが弾けるように立ち上がり、バトンを握る。

そのかたわらには、さっとテレザが控えた。

さらに部屋の中に、エリルと同じライトブルーの制服と、テレザと同じダークブルーの制服のメイド人形たちがずらりと出現した。

ヴィル・マーハ家とフルル・マーハ家の両陣営の間に、裕也は全裸で立ちつくす。

「えっ、なっ、ちょっと……」

「えーと、その、皆さん、ここは穏便に、平和に」

それぞれ銀の星、黄色い薔薇、白い三日月をつけた三本のバトンがクルクルと回転をはじめた。二人のメイドと多数のメイド人形が拳法じみた構えを取る。

裕也は全身の素肌にビリビリと闘志を感じた。室内の空気に渦巻く緊迫感に当てられて、股間の分身が縮こまる。

確実に大乱闘になった。新たな声が部屋に轟かなければ。

「両家とも控えよ！」

一触即発の両陣営の間に、紫色のテディベアの群れが出現して、さっと二列に並んだ。いっせいに布製の口が動き、威厳に満ちた合唱が起きる。

「神聖審判団の名において、異世界で戦うことは禁ずる！　両家の蛮行は、まことにもって看過しがたい」

サンドラがひざまずき、真摯な声音で訴えた。

「お待ちください。おそれながら、この騒ぎの元凶はフルル・マーハ家です。罰はフルル・マーハ家のみに下されるべきです」

すかさずミナもひざまずいて言い返す。

「なにを言う。もとはといえばヴィル・マーハ家の卑怯なふるまいが悪いのだ！　サンドラたちのしていることは著しく公平さを欠いている！」

二人の女王の言葉を、小熊の声がぴしゃりと打ち消した。

「静粛にせよ。裁定を与える。マーハランド王国の王位を決定する戦争は、この世界の時間で半年間の休戦とする。その間は、ヴィル・マーハ家のアレクサンドラとアレクシーナ、フルル・マーハ家のクリエムヘルミナは、この世界で過ごす。その間のマーハランド王国の統治は、神聖審判団が代行する」

熊以外の全員が言葉を失った。紫のテディベアたちが消えた後も、両王家はガクンと顎を落としたまま、彫像のごとく立ちつくしている。

　重い沈黙を破ったのは、裕也だった。勇気をふりしぼって、しかし魔法の大惨事が勃発しないように、できるかぎりゆったりした口調で話しだす。

「あのう、とりあえず、今後のことについて、ぼくの家で、みんなでお話をませんか。偉い熊さんたちから、戦争は禁止と言われたことだし」

　シーナとミナが鋭い瞳をキッと裕也へ向ける。たまらず裕也は裸の肩をすくめてしまう。

「いや、あの」

　サンドラが黄薔薇のバトンを消して、優美に微笑み、おだやかなトーンの声を出した。

「裕也様のおっしゃる通りですわね。神聖審判団をこれ以上怒らせれば、ヴィル・マーハ家とフルル・マーハ家がともに廃絶を命じられるかもしれない。平和的にまいりましょう」

　プリンセスと現女王は無言のまま、火花の散る視線をぶつけ合いながら、銀星のバトンと白月のバトンを消した。

　エリルとテレザも険悪な眼光をからませながら、武道家らしい鋭い息を吐いて、両手を広げた。二種類のメイド人形たちが姿を消す。

　裕也は大きな安堵の息をついた直後に、自分だけが全裸だと思い至って、あわてて手で股間を隠した。

「裕也様、これをどうぞ」

サンドラが床に落ちているトランクスとアンダーシャツを拾い上げて、裕也へ手渡した。

＊

塚森家の居間の畳の上に置いた丸いちゃぶ台を挟んで、ヴィル・マーハ家の女王とプリンセスとフルル・マーハ家の現女王が正座して向かい合っていた。

裕也が提案した通りに、ミナのマンションから塚森家まで全員で移動したのだ。裕也は後々のことを考えてマンションの場所を知りたかったので、タクシーを二台呼んで、分乗した。ミナもはじめて乗る自動車に興味があり、文句は言わなかった。

外に出てわかったが、ミナが住んでいるのはお台場の埋め立て地に建つ分譲マンションで、裕也は購入価格を聞く気にならなかった。

座布団に正座するサンドラとシーナは、今はピンクと白のドレスを着ている。塚森の家にいる間は、日本に来てから買った、くだけた服を着るのがあたりまえになったが、このときばかりは気合いが入っていた。

対面の座布団の上のミナも、黒いドレス。

三人の王族の美女の頭には、三者三様のティアラがキラキラと輝いている。

姉妹の背後には、エリルが仁王立ちになり、旗竿を担って、大輪の赤薔薇と白薔薇を刺繍した布を大きく広げている。

ミナの背後では、テレザがすっくと立ち、旗竿を強く握り、三日月と水晶を刺繍した布を掲げている。

まさに両王家の威信を懸けた会談という様相だ。

サンドラとミナの間に座った裕也は、自分で用意した急須で三人の前に置いた湯飲みにお茶をそそいでから、ことさら落ち着いた声で告げた。

「えーと。今後のことだけど、ミナ陛下とテレザさんも日本に住むわけですが、さすがにこの家にぼくも含めて六人も寝泊まりするのは無理があるので、できればフルル・マーハ家の二人は別のところに住んでほしいです」

言い終わった裕也の顔へ向かって、ミナの冷ややかな黒い瞳に炎が燃えた。

「フルル・マーハ家だけ外へ出されるのは、不公平ではないか。わたしがいない間に、裕也はヴィル・マーハ家に魔力を与える心積もりだな」

「これから半年の間は、熊のぬいぐるみの戦争はないんだから、それを気にすることはないと思います」

「まあ、よい。確かにこの家は、わたしが住むには狭すぎる。わたしは引き続きマンションに住む。テレザ、やれ」

「はい、陛下」

「なにをするつもり！」

シーナの声を無視して、テレザは旗竿を畳に突き立てた。

「うわあ、畳に穴が！」

裕也の叫びも無視して、テレザは手の中に出した金属製の取っ手を、居間の壁に突き刺した。

「壁にも！」

取っ手の周囲の壁に、木製の扉が出現した。テレザが取っ手を引くと、ごく自然に扉が開き、壁の向こうに高級マンションのリビングが見えた。

「ど、どこでもドア！」

裕也の素直な驚きの表現は、マーハランド人にはまったく伝わらなかった。

テレザは両手で遠く離れているはずの高級マンションの一室を示して、得意満面の顔を見せる。

「ご覧のように、フルル・マーハ家の離宮と塚森家をつなげましてございます。はたしてヴィル・マーハ家のメイドに、この高度な魔法ができましょうか」

「失礼な！　それくらい簡単だ！」

エリルが思いっきり旗竿を畳に突き刺し、右手によく似た取っ手を出した。

「エリルさん、やめて！　これ以上わが家を傷つけないで！」

裕也がエリルの前に立ちふさがっている間に、シーナが叫ぶ。

「姉上、あのようなことをさせていいの！」

お茶を美味しそうにすすっていたサンドラは、妹ではなくミナを見つめて答えた。

「直通の扉をつけるくらいは、いたしかたないわね。そうそう、誤解があるようだけれど、わたくしはミナさんを嫌いではありませんわ。けれどもミナさんのお母様が、わたくしの母にしたことは許せません」

ミナは眉根を寄せて、苦い顔になる。

「わが母上のヴィル・マーハ家に対する言動が少々常軌を逸していることは、わたしも認める。だが王座を渡すつもりはない」

「わたくしも王位を譲ったままにはしておかないわ」

どうにかエリルに第二の扉を開くのをあきらめさせた裕也は、明るい声をあげた。

「話もまとまったみたいだから、今日は停戦記念として、みんなで晩ご飯を作って食べよう！」

エリルとテレザが再び鋭い眼光をぶつけ合った。

「ヴィル・マーハ家の料理を堪能していただきます！」

「フルル・マーハ家伝来の腕をふるわせていただきます！」

第四章　タブーを破る三人の交わり×2

翌日の東蘭高校は、大勢の人々でごった返していた。

昨夜のうちにテレビのニュースで見たが、警察やマスコミだけでなく、科学者や役人らしい人々が、破壊された校舎や体育館を調査していた。大勢の野次馬が高校の敷地をかこみ、怪しいオカルト信奉者たちが意味不明のパフォーマンスをくりひろげていた。

その喧騒は、翌日の今もつづいているが、東蘭高校は休校にはならなかった。謎の女性スーパーヒーローのおかげでひとりの死傷者も出なかったために、校長が通常通りに授業をすることを決めた。

登校してきた生徒たちに、マスコミが突撃した。巨大兎や巨大レッサーパンダとスーパーヒーローの闘いの目撃談を、自分からマスコミへ売りこむ生徒もたくさんいた。

生徒同士も教師も体験を声高に語り合った。もっとも全員が高校の外へ逃げ出したか、物陰に隠れて縮こまっていたので、事態をきちんと把握している者はいない。

そんなざわざわしたなかで、裕也とシーナは素知らぬ顔を保って過ごした。

金髪のヒーローが二人いたという証言で、やはり正体はシーナじゃないかと言ってくるクラスメイトもいたが、冗談の域を超えなかった。

そうして六時間目の授業が終わった。教室でクラスメイトたちと別れの挨拶をした後に、シーナは大きく息をつくと、まだ教室に残っている数人の生徒たちに聞こえないように小声を出した。

「ミナのせいで、こんなに息のつまる思いをさせられるとは、腹立たしいったらないわ」

裕也も大きく伸びをして、背筋をほぐす。

「でも、ミナへい」

陛下と言いそうになって、裕也は言い直した。

「ミナさんは二度と昨日みたいなことはしないと言ってくれたから、心配ないと思うよ」

「たちの悪いフルル・マーハ家の者も、神聖審判団の決定には逆らえないもの。おとなしくしているしかないわ」

「昨日は聞けなかったんだけど、神聖審判団はどういう組織なのかな。一国の王様やお姫様があんなにかしこまって抵抗できないなんて、ぼくには不思議だよ」

シーナのほうが不思議そうな顔つきになり、裕也を見つめた。

「裕也くんの言っていることのほうが、わたしにはよくわからないわ。この世界にもおられるでしょう。上位の御方たちが」

「なんですか、それ？」

「人間よりも偉い方々よ」

「人間よりも偉いというのが、わからないんだけど」

「じれったいわね。この世界の言葉でいう神よ」

「えっ、魔法の翻訳が『神聖審判団』と意訳してるんじゃなくて、本当に本物の神様が審判してるの⁉」

「この世界にも、神々はいるでしょう」

「それは、えーと、まあ……」

裕也は言葉を紡げずに、しばらく沈黙してしまった。

(毎年の初詣で神社に行くけど、神様が実在するなんて本気で思ったことはないなあ。でも、神様はいないとも言いづらいし……いや、待てよ)

とんでもないことに気づいてしまった。

「神聖審判団が神だっていうなら、あの紫色の熊のぬいぐるみが神なの⁉」

「その通りよ。あたりまえだわ」

「いや、でも、熊だよ！　紫の、こんなにちっちゃい熊！　冗談だろう！」

シーナの真剣な顔が左右に動き、金の髪がキラキラと閃いた。

「とんでもない。上位の御方たちを冗談の種にするなんて、畏れ多いわ」

そう言って、両手の指を胸の前で複雑に動かした。神に対する不敬を打ち消すサインのようだ。

「それでも、熊のぬいぐるみだよ！　シーナ殿下たちも戦争に使ってるじゃないか」

返答は、裕也の背後から聞こえた。

「わたくしたちが戦争に熊を使っているのは、上位の御方への敬意よ」

サンドラの声だ。女王は、今日は国会を見学に行く、と聞いていた。

「陛下、高校へ来るなんて、どうし」

ふりかえった裕也の目が、今にも眼孔からこぼれ落ちそうになる。

気がつくと、二年四組の教室には裕也とシーナ以外の生徒はいない。だが東蘭高校の女子の制服を着た女性がもうひとりいた。

サンドラ女王が、妹のシーナとおそろいの臙脂色のブレザーとプリーツスカートを着て、教室の中に立っている。白いブラウスの首には、きちんとリボンタイも結んでいた。

「裕也様、いかがかしら。この服は、わたくしに似合っていますか？」

サンドラの身長はシーナよりも少し高く、東蘭高校の制服が似合う背丈だ。しかし見るからに胸はきつそう。内側からの圧力に押し上げられて、ブレザーの臙脂色の布と、ブラウスの白い布がぱつぱつに張りつめている。胸を突き出せば、ボタンがちぎれて飛びそうだ。

とはいえ二十代なかばのサンドラは熟女というにはほど遠い年齢だが、十代の女子高生の制服を着るには大人すぎる。しかしミスマッチさが不思議な魅力をかもしだして、裕也は驚きながらも強く魅せられた。

沈黙の裕也に代わって、妹が困惑した声をあげる。

「姉上、なにをしているの!? この国の議会を見学するのではなかったの?」

「本当のところは、裕也様とシーナが受けている授業を、わたくしも受けてみたくて、隠《おん》形《ぎょう》の魔法を使って、朝のホームルームから今まで二年四組の教室にいましたわ」

裕也がようやく口を開いた。

「そんなことは、ありえないです。陛下が教室にいたなら、生徒も先生も必ず気づくはずだよ」

「隠形の魔法を使っている間は、わたくしの姿が目に入っても、意識されません。ただし目を引くような動きをすれば、隠形が破れてしまうので、朝から今までじっと息を潜めているのはたいへんでしたわ。体育の授業でバレーボールの試合に出たときも、購買でいち早く焼きそばパンなるごちそうを買うときも、目立つ声を出さないようにしていたけれど、それに見合うだけの体験はできました」

「それだけできたのなら、大声を出してもよかったのではないかなあ」

「わたくしには、まだ東蘭高校でできていないことがありますわ」

「それは」

言いかける裕也の口を、女王から投げかけられた笑みがふさいだ。サンドラからあふれる今までとは異なる空気に、全身を包まれる。

「裕也様の教室で、裕也様に抱かれたいですわ」

「教室で抱かれるぅ！」

裕也はオウム返しをしてしまう。校舎のどこそこで、生徒の誰それがセックスした、という噂は流れている。裕也が入学する何年も前に、男性教師と女生徒が放課後の図書室で、裸で抱き合っているところを見つかって、教師がクビになった、という伝説もあった。

しかし自分が校内でするなんて、非日常的な状況で童貞を卒業した今でも想像したことはなかった。魔力を提供するという名目で、何度もサンドラとシーナと交わったが、シーナの処女をもらった羽田空港近くのホテル以外は、すべて自分の寝室だった。

教室を神聖な場所とは思っていないが、やはり授業を受ける場所でエッチなことをすることには抵抗を感じてしまう。

「いや、あの、停戦したんだから、今はぼくとする必要はないいんじゃないですか」

「ええ、当面は、裕也様の魔力を提供していただく必要はありません」

「それなら」

「わたくしはただ、裕也様に抱かれたいのですわ。なによりわたくしは、裕也様とミナさんがいたしたことに、いささか嫉妬しています。どうか、嫉妬を解消させてくださいませ」

「姉上、その言いようはいかがなものかと」

妹の忠告を無視して、サンドラは裕也に見せつけようと胸を張り、制服越しの爆乳を前へ突き出した。制服を押し上げる豊かな隆起の頂点にあるブラウスの第三ボタンが、本当にブチッと弾け飛び、裕也のブレザーの胸元に当たる。

ボタンがなくなり、開いたブラウスの隙間から色白の素肌が覗けた。

（ノーブラだっ！　サンドラ陛下は制服の下にブラジャーをつけてない！　ノーブラで丸一日授業を受けていたのか！）

ボタンとともに、裕也の脳内でなにかが弾け飛んだ。

「すごいっ！」

裕也が喝采をあげるとともに、サンドラの右手に黄薔薇のバトンが出現する。魔法のバトンを数回転させて、女王は宣言した。

「魔法で二年四組の教室を封印しました。窓の外からは、教室は無人に見えます。内側の声も音も聞こえませんわ」

そう言いながら、バトンを消して、両手ですばやくブレザーの第一ボタンをはずした。女王はボタンをひとつ失ったブラウスを左右に広げると、中に両手を差し入れる。裕也が凝視する前で、制服の内側で指をゴソゴソと動かし、自ら乳房をすくい上げて外へあふれ出させる。

「この姿はいかがかしら」

「本当にすごいっ！」

裕也は同じ言葉をくりかえすしかなかった。

毎日見慣れた女子の制服の中から、サンドラ女王の美麗で豊満な爆乳だけがまろび出ている様子は、とても不思議で妖艶な姿。乳房の付け根を左右からブラウスに挟まれているために、押された乳肉が前へせり出している。

乳球の先端では、淡いピンクの乳輪が色づき、小指の第一関節サイズの肉筒がピンッと勃ち上がって、二つともに裕也を指し示した。

二つの白い乳房の上に、首にまいた青いリボンタイがきちんと飾られているのも愛らしく、セクシーだ。

羽田のホテルで、シーナの胸をはじめて見たときも、制服のリボンタイはつけられたままだったが、制服がふさわしい教室で見ると、より魅力が増すように感じる。

「姉上のその姿、あまりに破廉恥すぎるわ！」

教室に響くシーナの声を聞いて、裕也はハッとしてプリンセスに目を向けた。

（二人がいっしょにいるときに、エッチなことになるのは、はじめてだ！）

事後に顔を合わせてしまったことはあるが、サンドラかシーナとこれからはじめようというときに、姉や妹が居合わせることはなかった。

「今の姉上を、マーハランド王国の民が目にしたらなんと思うことか」

女王は両手で自分の乳房を持ち上げて、艶然と笑う。

「今は亡命中なのだから、シーナも固いことは言いっこなしよ。ねえ、裕也様もそう思われるでしょう」

「はいっ！」

裕也はとまどいを忘れて大声を教室に響き渡らせ、まわりの椅子と机を蹴散らして進み、膝を屈して顔からサンドラの胸に跳びこんだ。

顔面全体にやわらかい乳肉が押しつけられ、そのまま胸の谷間に埋まる。肌触りが、体温が、甘い年上の女の香りが、裕也の全身に満ちていく。

（高校で、自分の教室で、女王陛下とパフパフできるなんて……）

童貞卒業の夜から、サンドラの胸を何度も味わった。それでも触れるたびに新たな感動を覚える。常に新鮮で、滋味に満ちて、身も心も溶かされる。爆乳に跳びこむ直前までは、すぐさま胸を揉みたてて、乳首をしゃぶりつくすことを考えていたが、実際に顔を乳肌に埋めると、ずっとこうしていたいと願った。

「はあああ………」

顔を豊乳に沈めたまま、裕也の両手がサンドラのブレザーの背中にまわった。その願望を読んだように、女王も身体を動かさないで、しなやかな手を男子用ブレザーの背をさわさわと動いた。サンドラも口から甘い吐息をあふれさせる。

「あんんん………」

自分の胸に顔を押しつけることに夢中になる年下の男を、女王はじっと見下ろして、うっとりと頬を赤く染めた。

「こうして胸で触れているだけで、魔力を気持ちよく感じられます。シーナも胸を出して、裕也様に触れていただきなさい」

サンドラは妹へ、潤んだ緑の瞳を向ける。

シーナは姉へ、こわばった碧眼を返した。

「二人いっしょにするなんて、わたしは」

「シーナも、裕也様とミナさんが交わったことに嫉妬しているでしょう」

「ミナのことなど、わたしはなんとも思っていないわ」

「シーナは、嫌いなものは無視を決めこむタイプだものね」

裕也の耳には届かない声ではないものが、妹の意識に流れこんだ。

（でもミナさんはまた裕也様を求めてくるわ。裕也様は断れないわよ）

（ぐぬぬ……）

シーナの言葉にならない感情が魔力の波となって、姉の意識に返った。妹の言語化されない思いを感じ取って、サンドラは両手を広げて誘う。

「いらっしゃい。姉妹いっしょに裕也様とひとつになりましょう」

「信じられないわ。こんなことは」

プリンセスの語気の変化を、裕也は耳で感じ取った。二度と離れたくないとまで思っていた女王の爆乳から顔を離して、床に膝をついた姿勢のまま、すばやく身体を反転させ、シーナの行動をじっと見つめる。

裕也から熱い視線を浴びながら、シーナは姉の制服と同じブレザーの第一ボタンとブラウスの第三ボタンをはずした。姉と違って、乳房は白いブラジャーに包まれている。

右手にバトンを出すと、先端の銀の星のとがった部分で、ブラジャーのカップの間をひっかけた。バトンを動かすと、ブラジャーが胴体をすり抜けたように制服の外へ出て、机の上に落ちた。

不思議な光景に驚く裕也の前でバトンを消し、姉のまねをして両手をブラウスの中に挿し入れる。自分の大胆な行動のいやらしさを自覚して、美貌がたちまち赤く染まった。東蘭高校に通いはじめてから、今日で十一日しか過ぎていないが、ここが真面目な教育の場だとわかっている。

（たいせつな教室で、こんな行為をしているなんてありえないわ！）

自分自身で断じながら、手を止めないで、乳房を外へあふれさせた。胸に渦巻く熱い羞恥が、声になってこぼれてしまう。

「ああ、恥ずかしすぎる！」

　プリンセスが身体いっぱいに羞恥の炎を燃え上がらせている様子が、裕也の目にもはっきりと見えた。シーナの乳房もブラウスに左右から締めつけられて、いつもより前へ押し出されたような、悩ましい迫力があった。

　乳首はまだ勃ち上がっておらず、愛らしい小粒のまま。

　シーナが蹴散らされた机と椅子の間を進んでくると、露出した巨乳が揺れている。

「恥ずかしすぎるけれど、裕也くん、笑わないで」

「笑うわけがないよ」

　答える裕也の、まだ女王の豊乳の感触が残っている顔に、プリンセスの巨乳が押しつけられる。左右の柔肉が、両頬を挟み、口と鼻を包みこむ。

　サンドラの乳房よりも弾力が勝る感触が、頬に上書きされた。新たに感じる体温は、姉とは区別がつかない。だが鼻腔から肺へ流れこむ肌の香りは、はっきりと異なっている。

（ああ、シーナ殿下も、サンドラ陛下も、二人ともとってもいい匂いだ。本当にたまらない……あっ）

　背後から両手がまわり、裕也の胸を抱いた。そのまま背後へ引かれて、シーナの乳房から顔が離れる。直後に後頭部が、サンドラのやわらかい乳房に沈む。

　前からはシーナが進み出て、再び裕也は顔を潑剌とした若い巨乳に包まれた。

「あああ、裕也くんの魔力を感じるわ」

「うっんうう、裕也様の魔力がすてきですわ」

裕也は口をふさがれて声を出せないが、頭の中で歓声を爆発させている。

（すごいっ！　前と後ろから巨乳で挟まれてる！　最高だっ！）

前後からの快感に身も心も委ねて、できるのは両手でシーナの背中を抱くことだけだ。

「あらあら。シーナの乳首が大きくなっていくわ」

サンドラの指摘の通り、谷間に埋まる裕也の顔の左右で二つの乳首がぐんぐん成長している。女王とプリンセス自身が見つめる前で、小粒だった肉筒が向かい側のサンドラの勃起乳首と遜色ない高さと太さになって、ピンッとそそり勃った。

「まあ、裕也様から聞いた通り、シーナの乳首は華々しく変化するのね」

「裕也くん、姉上に教えたの⁉」

羞恥に身悶えるシーナと面白がるサンドラの声を聞く裕也の至福の時間は、どれだけつづいたのか。

ふいに女王が告げた。

「裕也様に、もっと気持ちよくなっていただきましょう。パイズリをしてさしあげますわ」

無言で四つの乳房を堪能していた裕也が、思わず声を発した。

「パイズリ！　そんな言葉を、陛下が知ってるんですか⁉」

「ええ。インターネットで勉強しました」

姉妹もエリルも今ではスマートフォンを買って、自由に使いこなしていることは、裕也も知っている。当然、ネットをめぐっていても不思議はない。

「女王陛下が口にするには、パイズリはちょっと下品な言葉じゃないでしょうか」

「あらあら。それではなんと言えば上品なのでしょう。わたくしには探し出せませんでしたわ」

「えーと」

（パイズリの上品な言葉ってなんだ？）

沈黙する裕也の頭から、サンドラが離れた。

シーナも名残惜しげに裕也の顔から離れたが、首をかしげている。

「パイズリとはいかなるものかしら？」

「殿方の大剣を、女が胸で挟んで愛撫することよ」

平然と放たれた姉の言葉を聞いて、シーナの上気していた顔がさらに赤みを増した。

「そのようなことをするの！」

「仰天するほど珍しい性技でもないのよ。わたくしも経験があるわ。ミナさんに王宮を奪われなければ、シーナもそのうち夜の術の教師から習うはずだったわ」

「それは本当なの！」

裕也はひざまずいたまま、女王とプリンセスの美貌と豊満な胸を交互に見つめている。

「本当に、パイズリしてくれるんですか？」

「裕也様からご依頼されるのを待っていたのですが、いっこうに所望されないので、わたくしのほうから申し出ました」

「それは、女王陛下にパイズリをしてくださいと頼むのは、気が引けたから」

「なんの遠慮がいりましょうか。わたくしは裕也様に肛門を舐めてと頼む女ですのよ」

姉の笑い混じりの発言に、シーナがまた上ずった声をあげた。

「お尻を！　姉上が！　裕也くんに！」

サンドラは妹に鮮やかな笑顔を向けて、裕也へ指示する。

「さあ、裕也様、椅子におかけください」

裕也は超高速でスラックスのベルトをはずし、トランクスといっしょに脱いだ。すでに硬くなっている男根が、ブレザーの前でいきり勃つ。

他人の椅子に剥き出しの尻を乗せるのはまずいと思い、自分の椅子に腰かけた。予想以上にひやりとした感触が尻肉に伝わり、背筋をブルッと震わせる。

「いいこと、シーナ。本来のパイズリは、左右の乳房の間に殿方の大剣を挟むものよ。それは裕也様と二人きりのときに実践してね。今回は姉妹で裕也様を挟むわね」

サンドラは率先して、腰かけた裕也から向かって右前の位置に、横向きにひざまずいた。両手で下からすくい上げた二つの豊乳を、ペニスの右側面に近づける。裕也が勃起して亀頭は上を向いているので、両手で左右の乳首の位置を調節して、両方の先端を肉幹と亀頭に触れさせた。

「あはあっ！」

女王の妖しい制服姿がビクンッと弾む。しかし巧みに両乳首が肉棒から離れないようしていた。

「はっああ、感じます。両方の乳首から、裕也様の魔力がどんどん流れこんできて、うっんん、気持ちいいですわ」

そう語りながら、サンドラの緑の瞳がとろりと潤み、白い頬が朱に色づいていく。

「シーナも反対側から、乳首を二つとも裕也様の大剣につけて」

「姉上みたいな器用なことは、難しい気がするわ」

シーナも姉のまねをして、裕也の左前にひざまずき、両手で左右の乳房を段違いに持ち上げた。そろそろと上体を近づけると、ぴったりと肉幹と亀頭の左側面に当たる。

「あふ……」

サンドラが口にした通り、膨張した乳首の先端から熱い魔力が伝播して、胸全体を痺れさせる。震える乳房の内部で甘い蜜がふつふつと沸き立ち、快感の泡が弾けた。意識しないまま声が噴き出す。

「あああ、気持ちいい！」

プリンセスの声と身体の動きに共鳴するように、女王も身体をくねらせて歓喜の声をあふれさせた。

「気持ちいいでしょう！」

「サンドラ陛下も、シーナ殿下も、二人ともエッチすぎるよっ！」

裕也は燃えたつ声をほとばしらせ、両手で姉妹の背中を押した。

「きゃっ！」

「ああっ！」

四つの肉筒が男根に押しつけられ、四つの乳房が肉棒を挟んでぶつかり合い、押し合ってムニッと平らにひしゃげた。

「当たっている！　姉上の胸に当たっているわ！」

シーナは目を剥いて姉の胸から離れようとするが、裕也の手で背中を押さえつけられている。それどころか前から伸びた姉の両手に、左右の二の腕をしっかりとつかまれた。

サンドラは妖しい笑顔を妹へ向ける。

「ああ、当たっているわね。シーナの胸はとってもふかふかで、うふふふ、とっても気持ちいいわね」

「姉上っ！」

やわらかさや弾力の異なる乳肉に包みこまれて、裕也の血圧が一気に上昇した。

「もう、じっとしてられないっ！」

裕也は椅子を後ろへ飛ばして立ち上がり、姉妹の背中をいっそう強く押し、腰を動かしはじめる。密着する四つの豊乳の中を、ペニスが猛々しく前後する。しこった乳首の硬さと乳肉の柔軟さで、亀頭と肉幹がしごかれた。

「あああ、裕也様が動いては、わたくしたちのパイズリになりませんわ」

サンドラの言葉を、裕也の大声がかき消した。

「ぼくが動きたいんだ！　このままやらせて！」

「ええ、裕也様がお望みのままに。シーナもいいわね」

「わたしはそんな、あひいい！」

裕也が大きく腰を引いて、豊乳の狭間からペニスを抜いた。四つの乳房がよじれ、衝撃が快感となって姉妹の胸の中を走りまわる。

二人の喜悦の反響が消える前に、押しつけ合う乳肉の境界線に亀頭が割りこむ。互いの乳肉に埋まるサンドラとシーナの乳首を同時にたたいて、男根は付け根まで潜りこんだ。

「はひいいっ！　気持ちいいっ！」

「ほっおおお！　わたくしも、こんな悦びはじめてですう！」

裕也から乳房へ流れる魔力がさらに大きくなり、愉悦がふくれあがる。シーナとサンドラは与えられる快楽に身をまかせて、甘い熱に乗って踊っていく。シーナも無意識に両手で、姉の二の腕をつかむ。二人して胸をさらに強く押しつけ合い、中で暴れる男根と血を分けた互いの胸の感触をより強烈に味わった。

姉妹が豊乳を強く密着させると、ピストン運動をくりかえす裕也が受ける刺激も大きく深くなる。

直接の触感だけでなく、はじめてシーナとサンドラの二人を同時に相手をしていること、姉妹が制服から胸だけを出すという普通ではない姿なこと、なによりも自分が毎日を過ごす二年四組の教室の中でしていることが、裕也をかつてない境地へと押し上げた。

「おおおっ、サンドラ陛下！　シーナ殿下！　出るっ！　ぼくのが出ますっ！」

すぐさま女王が蕩けた声音で応じた。

「はああ、裕也様、このまま、わたくしたちの胸の中に、あおおおう、射精してくださいませ！　シーナもいいわね」

「あひっ！　はっくううう、んんあああ！」

プリンセスは言葉を紡げずに、熱湯に落とされた角砂糖のごとく溶け崩れたよがり声を返すだけ。左右に振りたくる美貌にも随喜の汗が浮かび、キラキラと輝いている。

シーナの声と表情が、裕也へのとどめの一撃となった。押し合いへし合いする四つの豊満乳房の中心を目がけて、猛烈な勢いで男根をたたきこんだ。精巣が決壊して、精液の洪水が尿道を焼いて噴出する。

「出るうううッ‼」

密着するたわんだ乳肉が形作る十文字の中心から、泉のように白い粘液がねっとりと盛り上がった。

爆乳と巨乳の肌が精液にまみれると同時に、大量の魔力がシーナとサンドラの胸の中に押し寄せる。熱く、激しく、それでいて魂をやさしく包まれる深い快感が、姉妹を充足させる。

「あああああ、果てる！　あひい、裕也くん、果てるうううっっ‼」

「ほおおおう！　わたくしも果てます！　裕也様ので果てますううう‼」

女王とプリンセスは春風のように渦巻くエクスタシーのデュエットを、封印された教室に反響させた。

シーナとサンドラのプリーツスカートに包まれた尻が、そろってペタンと床に落ちた。左右に離れた乳房の先端で、圧力でたわんでいた四つの乳首がまっすぐに伸びて、先端から白い水滴を跳ね飛ばす。その小さな衝撃も、快感となって絶頂の余韻を震わせた。

「はあああああ……」

「あんんんん……」

しっとりした息を吐きながら、サンドラはゆらりと立ち上がった。豊乳を伝う精液が制服のブラウスとブレザーに染みを作るのもかまわずに、教室の前へ向かって歩いていく。

裕也とシーナが首をかしげて目で追うと、前の壁を覆う大きな黒板に右の手のひらをつき、上体を斜めに傾けて、尻を後ろへ突き出した。左手でプリーツスカートの裾をつかんで、スルスルと腰の上までまくり上げる。

現れたものを見て、裕也とプリンセスは驚愕の声を放った。

「あっ！」

「姉上！」

そこにはショーツがなかった。

臙脂色のスカートの中は、剥き出しの熟した女の尻が、絶頂の汗に濡れてほの白く光っている。

「ノ、ノーパンだったんですか⁉　高校でずっと！」

「姉上……」

裕也の疑問の声と、妹の唖然とした声には答えずに、女王は両手を黒板について、尻をくねらせた。本来は教師が立って授業をする位置で、美女が胸と尻を露出させて、艶めかしく身をくねらせる姿は、裕也が生徒だからこそ凄まじく淫靡に見えた。射精したばかりの男根が、力を衰えさせるどころかズキズキと痛いほど脈打っている。

「シーナもここへ来て。いっしょに裕也様に貫いていただきましょう」

「姉上」

同じ単語をくりかえし口にしながら、シーナは裕也へ顔を向けた。

裕也は遠慮がちに、青い視線に答える。

「よかったら、殿下も黒板の前に並んでほしい」

「……裕也くんが望むのなら」

プリンセスも教室を進み、女王の右どなりに立つと、まずプリーツスカートの中に両手を挿し入れた。スカートの裾をほとんど乱さずに、白いショーツが下ろされ、足から抜き取られる。

姉を模して右手を黒板につき、尻を突き出して、スカートをめくり上げた。サンドラ女王よりもやや小ぶりだが、充分にボリュームをたたえた尻が姿を現す。

姉妹の美尻を捧げられた裕也は、すでに二人のすぐ後ろへ迫っていた。途中で足を止めて、シーナとサンドラが両手を黒板について裸の尻を差し出す姿を、じっと鑑賞した。女王は今も楽しげに尻を躍らせているが、プリンセスは尻の筋肉をこわばらせている。胸に精液を浴びて極まった直後でも、やはり恥ずかしいのだろう。

(すばらしい光景だ。何分でもながめていられる。でもシーナ殿下がかわいそうだな)

「殿下、陛下、触ります」

裕也は右手をシーナの尻たぶに、左手をサンドラの尻肉に這わせた。やわらかな乳房とは異なり、すべすべした肌の下にみっちりとつまった肉の重量感に魅力がある。

「ひゃん！」

と、シーナが鳴き、大殿筋をいっそう緊縮させる。

「はあああ」

と、サンドラが喘ぎ、尻をしゃくり上げて、手に押し当ててくる。

姉妹が対照的な反応を見せたが、むっちりした尻をなでまわしているうちに、プリンセスもせつなげな吐息を洩らして、尻の筋肉をゆるませ、くねらせはじめた。二人が示し合わせたわけでもないのに、尻の動きが自然にシンクロして、きれいなダンスになって裕也を誘う。

裕也は両手の指を尻の谷間に滑り落として、肛門を越えて、下向きの恥丘へと到達させた。二人の女の中心の縦溝は、いまだぴっちりと閉ざされたまま。しかし指先でなぞると、女の花がひとりでにほころんで、温かい蜜を両手に滴らせてくる。

指先で濡れた花弁の中をまさぐり、すぐに二つの肉粒を探し当てた。

「はひいいっ、それえっ！」

黒板へ向かって嬌声をぶつけるサンドラのクリトリスは、はじめて見たときと同じく国王の貫禄を示す大きさにしこって、包皮から突き出している。指の腹に伝わる硬さも、勃起乳首に負けていない。

「くっううっ！　そこはあ……」

黒板へ向かっていやいやをするように首を振るシーナの陰核は、姉と優劣つけられないサイズに膨張して、王家の一員であることを主張している。指先には、快感への期待で脈動する様子が伝わってきた。

「あおおう、裕也様、このままでは指で果てさせられます。大剣でわたくしを貫いてくださいませ！」

「あんんん、わたしも、もう、限界だわ。裕也くんの大剣をお願い！」

姉妹が顔を後ろへ向けて懇願した。二人ともに声に余裕がなく、汗に濡れた、せっぱつまった表情だ。

「行くよ、殿下！」

シーナの美貌が歓喜に輝く。サンドラのほうは声に出さないが、顔に不満の色が塗られた。

裕也はクリトリスを離して、右手でシーナのウエストをがっしりとつかんだ。左手で亀頭の位置を調整して膣口に当てると、一気に根もとまで挿入してやる。

「ひくぅ」

ひと声あげて、シーナは声を失った。そのかわりに熱く濡れた女肉が、力強く裕也に押し寄せてしゃぶりつく。十日前に処女を卒業したばかりの女体は、ひたすら男根にすがりつくことしかできなかった。童貞を脱したばかりの裕也には、そのがむしゃらさがうれしくて、心地よくてたまらない。

「シーナ殿下、すごく気持ちいい！　キュウキュウして最高だ！」

裕也の歓喜の言葉を聞いて、シーナは喉につまったものが飛び出したように叫んだ。

「あ、ああ、姉上の前で、恥ずかしいことを言わないで！」

シーナは抗議しながら、無意識に尻を大きくうねらせていた。膣内の肉棒の角度が連続して変わり、快感の波が次々と沸き立つ。

「はうう っ！　いいっ！　あんん、姉上、見ないで！」

恥じらいの叫びを放つ妹を、サンドラは見つめて、声をかけた。

「よがって悶えるシーナちゃんは、初々しくてとってもかわいいわ」

「言わないでったら、あひいい！」

姉の言葉に深く羞恥心をえぐられて、制服を着た全身が大きくのたうつ。自身の躍動が、さらに快感の波を強く逆巻かせた。

「うわっ、シーナ殿下、激しすぎるよ！」

裕也は成年漫画で読んだように、並べた二人の尻から尻へ交互に貫くつもりだった。現実にはプリンセスの中から引き抜くことができない。シーナの愛らしい反応に魅せられて、一瞬でも離れたくなかった。そして限界がすでに近い。口に出して宣言してしまう。

「最後まで殿下で行きます！」

言葉の意図にシーナは気づかないが、サンドラは気づいてまたもや悔しそうな顔になった。

シーナに射精すると決めると、裕也は尻をつかむ両手に力を加えて、遠慮なしに腰を突き上げる。プリンセスの尻が高く浮き上がり、学校指定の上履きがつま先立ちになった。

「ひあああ、すごい！　裕也くん、すごすぎるわっ！」

十本の指が黒板をひっかき、耳障りな高音を鳴らした。それすらも今の裕也とシーナ、そしてサンドラには、官能を高々と盛り上げる音楽となる。

「殿下！」

裕也は叫び、両手でシーナの巨乳をつかんで立ち上がらせる。シーナも自然と顔を背後へよじる。二人はともに相手の唇を求めて、貪るように舌をからめ合わせた。

「んんんっ！」

「はむうう！」

下半身だけでなくキスでもつながり、強固な一体感が射精のスイッチを点火する。腹と背中を密着させたまま精液が猛烈な勢いで流れて、裕也の体内からシーナの体内へ移動していく。男の絶頂の証をそそぎこまれて、シーナも即座にエクスタシーへと翔け昇った。

「むっんんんんんっっ‼」

「おっんんんんんんっっ‼」

重なる口と口の中で、二人の絶頂のうめきが反響して、洩れだし、サンドラの耳にも届いた。裕也と妹の絶頂を見せつけられて、女王は全身をよじらせる。

「はあああ、わたくしも！　わたくしも早く！」

言葉だけでなく、スカートをまくった裸の尻を、妹とつながったままの裕也の腰にこすりつけた。

裕也はそっとディープキスを解いて、ゆっくりと男根を引き抜いた。支えを失ったシーナの半裸身がくたくたと床に尻を落とした。乳首とクリトリスから魔力の電光があふれたのは、処女喪失のときだけで、今はもう出なくなっている。

「サンドラ陛下、お待たせしました」

「来て、裕也様」

女王は再び黒板に両手をついて、尻を掲げる。その姿だけで、裕也の分身が二度の射精などものともせずに、腹を打つほど盛り上がらされた。

「陛下っ！」

裕也はサンドラの尻を握りしめて、亀頭を撃ちこむ。待ちに待った男のシンボルを迎え入れて、女王の膣口は蜜液をとろとろとあふれさせながら強く締まった。

「陛下もすごい！」

シーナの制御できない圧力とは異なる、サンドラの女肉の巧みなうねりに、裕也はたちまち引きずりこまれて翻弄される。裕也が主導権を握ろうと、力まかせに男根を突き入れて引き出しても、サンドラの美しい肉体はすべてを受け入れ、愛情と欲望たっぷりにリードしていった。

「陛下は最高だ！　あ、殿下も最高です！」

「うふふふ、裕也様ったら、お気を遣いすぎですわ、はあああっ、いいっ！　わたくしも、すごくいいですう！」

裕也を悦ばせる女王の腰使いは、同時にサンドラ本人も快楽に酔わせた。経験豊富なサンドラも、血を分けた妹と尻を並べて共艶するのははじめてだ。心身ともにいつもよりも何倍も昂り、官能の感度が高まっていく。

「このまま、はおおおう、このまま果てさせてくださいませっ！　わたくしに、たくさんっ！　たくさん射精してくださいませえ！」

下半身ではやさしく強く裕也をリードしながら、ふりかえった美貌は甘えた声で年下の男に懇願する。サンドラのアンバランスな姿が、裕也を絶頂へ導いた。

「陛下、出します！」

「はあああ、うれしい！」

女王の尻が、裕也に強く突かれて、高々と舞い上がった。上履きのつま先が、床からわずかに離れる。射精されるよりも先に、サンドラは異世界で覚えた言葉を口にした。

「イクッ！」

浮いた尻が裕也の腰に落ちて、より深く亀頭が突き刺さってくる。

「イクイクイクうっ！　わたくし、イキますううッッ!!」

サンドラの絶頂を追って、裕也も精液を噴出させた。

「出ます！　陛下、出るうううううっ!!」

裕也は両腕を女王の腹にまわして、背後から強く抱きしめながら、射精をつづける。

サンドラは男の腕力をうっとりと堪能しながら、膣の奥深くに流しこまれる精液の熱と水圧に陶酔した。痙攣する咽喉から、震える声があふれ出る。

「おおおおおう、もっとイキますう。あああ、イクのが止まりませんんんんん……」

裕也とサンドラはつながったままへたりこんだ。男女の熱された尻がひんやりした床材についた衝撃が、ペニスと膣に伝わり、二人は新たに喘ぎ声をこぼす。

「おおう……」

「はああんん……」

音楽が鳴った。裕也がはじめて聞くメロディだ。

「えっ、なになに!?」

ペニスを挿入したまま驚く裕也のとなりで、床に座っているシーナがブレザーのポケットからスマホを出した。

「どうしたの、エリル。今はちょっと……ニュースで……ええ、わかったわ。まかせて」

スマホを切ると、いまも赤いままの美貌に、真剣な色を浮かべる。

「姉上、東京湾の沖で船が転覆して、大勢が船内に取り残されている。救助に時間がかかって危険だそうよ。わたしたちが行くべきよ。場所はスマホで見られるわ」

「わかったわ。裕也様はどうします」

ふりかえったサンドラの顔に、裕也は答えた。

「海の上では、ぼくがサポートできることはないみたいだ。家で陛下たちの夕食の用意をしておきます」

裕也の上から、サンドラが立ち上がった。姉妹はバトンを出して、そろってクルクルと回転させると、すぐに姿が消えた。

ひとり教室に取り残された裕也は、床に散らばるシーナのブラジャーとショーツを見て心配を口に出した。

「二人ともノーブラノーパンだけど、大丈夫なのかなあ」

＊

裕也は買い物をして自宅に帰ると、テレビのニュースを流しながら制服からライトグレーのトレーナーの上下に着替えて、夕食の用意をはじめた。エリルも現場に行っているので、家にはひとりだけ。母親の方針で料理を教えられてきたおかげで、たいていのことはひとりでできる。

テレビのアナウンサーは、謎の二人のヒーローが転覆した漁船の船員を救助したことを何度もくりかえした。幸いにも死者はひとりも出なかった。そしてまたヒーローの姿を間近に撮影することはできず、インタビューできなかったことを残念がっている。

「よかった。助けられたんだ」

「ヴィル・マーハ家の女たちは目立ちたがりでございますね」

「うわあ！」

背後から聞こえた声に、裕也はフライパンを落としそうになる。背後からさっと伸びた手がフライパンの柄を握り、電気コンロに置いて、スイッチを切った。

「裕也殿、クリエムヘルミナ陛下がお呼びでございます。わたしといっしょに来てくださいませ」

裕也はふりかえって、フルル・マーハ家のメイドと対面した。

「だめだよ、テレザさん。ぼくはサンドラ陛下とシーナ殿下とエリルさんを待ってなくちゃいけないんだ」

「クリエムヘルミナ陛下の御要望のほうが重要でございます。」

左手首を握られて、ぐいと引かれた。裕也の筋力では、マーハランド王宮のメイドの腕力に逆らえない。幼児のごとくダイニングキッチンから居間まで引きずられて、壁に作られた扉の前に立たされた。

「まいりましょう」

扉へ向かって押された。裕也はバランスをくずしてケンケンで扉にぶつかり、押し開けて向こう側へ出る。

「うわっ、と、と、と……あれ？」

昨日の夜に見た扉の向こう側は、お台場に建つ高級マンションのリビングだった。

しかし今、裕也がぽつねんと立っているのは屋外だ。

頭上には、星が瞬きはじめた夕空。靴下の足裏で踏んでいるのは、アスファルトの舗装。ややいびつな長方形の敷地の一辺の前には、二車線の道路が走っている。それ以外は田んぼだが、暗くてどこまで広がっているのかはわからない。

どうやら、郊外の駐車場らしいが、どこにも車は停まっていなかった。

「マンションにつながってるんじゃないのか⁉　本当にどこでもドアだ。うわっ！」

突然まばゆい光が、駐車場を照らした。光源がなにで、どこにあるのか、わからないが、アスファルトの上にある二つのものが仰々しく照らし出される。

ひとつは、いや、ひとりはミナ。全身にぴっちりと貼りついた漆黒のライダースーツを着て、巨乳を強烈に目立たせている。黒いスーツはラテックス製で、女体のなめらかなラインに沿って、豊かなバストだけでなくウエストやヒップを彩る艶々とした光沢を周囲に散らしていた。

もうひとつは、黒いオートバイ。

裕也は飛行機と違ってオートバイにはくわしくないが、今までに現実でも映像でも見たことがないデザインだ。

黒いラテックススーツにふさわしく、車体のほとんどが黒光りしていた。髑髏《どくろ》や角や牙やコウモリの翼といったいかにもな装飾はついていないが、全体が鋭角的で禍々しい印象の装甲で被われている。特撮ヒーロー番組のキャラクター、それも主人公の敵か味方かわからない正体不明のダークなキャラクターの愛車という雰囲気だ。

なにより、やたらとでかい。日本の道交法で許されるサイズとは思えない。

「どうだ。かっこいいだろう！」

ミナは黒く濡れたようなライダースーツの胸を張った。見ているだけで裕也の股間が熱くなる危険なセクシーさがみなぎっている。裕也を相手にして処女を卒業する前に、羞恥心で身悶えしていた昨日の娘とは、とても同一人物とは見えない。

(なんだか、変なものが覚醒しちゃったみたいだ)

「えーと、かっこいいと思うけど、それはなんですか？」

「わたしのオートバイだ。この世界のオートバイというものが気に入ったので、テレザに作らせた。今日が初乗りだぞ」

裕也は妖しいライダースーツのこともたずねようと思ったが、口を挟む隙を与えないでミナは声高につづけた。

「呼び名はイグディオロン！　うむ、じつに格好がよい！　マーハランド王国の歴史に勇名を刻む、最速の飛行魔法の使い手である英雄の称号だ！　イグディオロンはわたしが幼いころからのあこがれで、よく乳母たちに活躍する物語をせがんだものだ」

「そのイグディオロンに、ぼくを乗せるなんてことは」

「おお、喜べ。裕也も、わたしといっしょにイグディオロンに乗せてやる」

「いや、ぼくは家に用事があるから、ああっ！」

ミナの右手に白い三日月のバトンが現れたと思うと、裕也の身体がアスファルトから離れて浮き上がった。高さ二メートルほどの空中で手足をジタバタさせても、どうにもならない。

裕也を浮かせたまま、ミナはひらりと跳んで黒いオートバイのシートにまたがった。小柄なミナが乗ると、ますますイグディオロンの大きさが際立って、凶暴な雰囲気が増した。

裕也の身体が降下して、ミナの後ろにすとんと落ち、否応なく二人乗りの体勢にさせられる。

「ミナ陛下、運転免許を持ってるんですか？」

「なんだ、それは」

「愚問でした」

裕也はいちおうはシートから降りようとしたが、まるで接着されたように尻が離れなかった。

「陛下、裕也殿、これをどうぞ」

いつの間にかオートバイの脇に立っていたテレザが、二組の黒いヘルメットとゴーグルを主君と裕也に手渡した。

どうしようもなく裕也はゴーグルを装着して、ヘルメットを被った。

「出るぞ。つかまれ」

「はい」

両腕をミナの腹にまわすと同時に、黒い巨体が動きだした。裕也は身体に機械的な振動を感じて、前輪が回転する様子を見た。だがエンジン音がまったく聞こえない。車体の前方のどこからか二条のヘッドライトの光を放ち、実体のない影のように無音でするりと滑り出す。

裕也はミナの肩越しにハンドルを覗きこむと、ちゃんと両手で握っている。しかし本当に運転しているのかはわからない。

(事故が起きそうになったら、きっとテレザさんがなんとかしてくれるはず)

裕也の心配をよそに、ミナは巧みに駐車場から道路へ出ると、イグディオロンを一気に加速させた。裕也はあわてて背後を見ると、テレザは駐車場に残って手を振っている。

「えぇーっ！　テレザさんもいっしょに走るんじゃないの⁉」

「二人でツーリングを楽しもうではないか」

「待って！　ちょっと待って！」

「わははははははははは！」

ミナは風を浴びながら高笑いして、さらにスピードを上げる。星空の下を、漆黒の影が突っ走った。変わらずエンジン音はなく、現女王の鬨《とき》の声と、裕也のかすれた悲鳴だけが闇の中に長く尾を引いた。

＊

意外なことにというべきなのか、裕也の不安ははずれた。イグディオロンは猛烈なスピードで疾走しても、事故を起こしていない。田舎の道路なので他の自動車や歩行者が少ないのも幸いしているが、イグディオロンは巧みに前の車を追い抜き、対向車を避けている。どこからがミナの運転のテクニックのなせる業で、どこまでオートバイが自律的に動いているのかは、判然としない。

ひとつだけ確実なことは、ミナが交通法規を守るつもりは全然ない。信号も交通標識も完全に無視している。

どうにか落ち着いた裕也は、運転を楽しむミナに耳打ちした。

「ミナ陛下。警察に見つかったらまずいです。そもそもこんな改造車が一般道を走ってる時点で、一発で逮捕されてしまう」

「あの連中はいいのか」

ミナが首を振って示した前方には、かなり剣呑な光景が展開していた。白いセダンの周囲を十数台のオートバイがとりかこみ、のろのろと走っている。何人ものバイカーが手でセダンのウインドウや車体をガンガンとたたきつづけた。ヤンキー漫画や映画ではよくある状況だが、実際に目にするのは裕也もはじめてだ。

「まずい。警察に連絡しよう」

「もっといいやり方があるぞ」

ゴーグルの下でミナの黒い瞳がきらめき、唇の端がキュッと吊り上がった。

「あ、まずい」

と、裕也がつぶやいたときには、ミナは加速してオートバイの群れの脇を追い抜き、前方でイグディオロンを横向きにして急停止させた。その黒い巨体で道路をほとんどふさいでしまう。

前にまわると、オートバイに包囲されたセダンの中で、若い男女カップルが顔を引きつらせているのが見えた。そしてバイカーたちは、わざと人相を悪くしているのか、と思う顔つきが勢ぞろいしている。さすがにモヒカン頭はいないが、今にも『ヒャッハー！』という奇声が聞こえてきそうだ。

ミナはハンドルを握ったまま、よく通る美声を夜空の下に響かせた。

「おまえたち、なにをしている！」

停止したバイカーたちはイグディオロンの異常な威容に驚いていたが、すぐにもうひとつの威容に気づいて、目を輝かせた。

「おい、おっぱいデケエぞ！」

「ウエストもキュッとくびれてる」

「顔もけっこう美人じゃねえか」

ミナはもう一度、凛とした声音で呼ばわった。

「なにをしているのかと聞いておる！」

セダンの運転席側の窓が開き、男が金切り声をあげる。

「助けてください！　こいつら、彼女を犯そうとしてる、ギャッ！」

男の頰に、近くのバイカーのパンチが炸裂した。男の身体が助手席の女にぶつかる。

「やはり、そういう手合か」

ハンドルから離れたミナの右手が、白い三日月のバトンを握っていた。

「失せろ」

冷徹なひと言とともに、バトンが回転する。白い三日月がいくつも飛び出し、巧みに空中に弧を描いて、すべてが男たちのオートバイに当たった。

その瞬間、まるで紙屑がつむじ風に吹き散らされように、オートバイが男たちを乗せたまま夜空に舞い上がった。

道路のはるか上空から、ついさっきまでの悪ぶった威勢のよさとは正反対の、子供みたいな泣き叫ぶ声の合唱が聞こえてくる。

三十秒後にセダンの後方の道路に、オートバイとバイカーが降ってきた。このままではアスファルトと激突する、と裕也が青くなったとき、道路の暗がりの中からたくさんのメイドたちが駆けてくる。

同じ顔をしたメイド人形たちが、墜落してくる十数台のバイクと同じ人数のバイカーたちを難なく抱き留めて、そっと地面に置いた。即座にロープでバイカーの手足を縛る。抵抗はまったくない。全員が気絶していた。

ゴミをかたづけるようにバイカーとオートバイを道路の外の地面に並べると、メイド人形がすべて姿を消した。

バイカーたちが完全に無力化されたことを確認してから、セダンの運転席のドアが開いた。カップルが手を握り合っていっしょに降りる。

「あの、もしかして、ニュースになっている」

「ヒーローなの」

ミナの口が面白くなさそうに歪んだ。

「あの連中とは」

裕也は先に大声を出し、ミナの返答をかき消す。

「そうだよ。この人もヒーローだ。だから警察へは、きみたちから通報してほしい」

そして声を潜めて、ミナへ耳打ちした。

「これでミナ陛下も、ヒーローの一員になりました」

「ふん」

ミナはハンドルを握り、イグディオロンの向きを前へ向けて発車させた。カップルを置いて、無音の影が夜の闇へ疾駆する。

＊

イグディオロンは黒々とした森の中で停止した。

それまで走っていた道路からはずれて、舗装されていない細い道を揺られながら走った先にある森の中は、人工の光がなかった。唯一の光源はイグディオロンのヘッドライトのみ。裕也はシートの上から見まわしても、真っ暗でどんな場所なのか、まったくわからなかった。

「ここは、なに？」

ヘッドライトから光の球がいくつも飛び出し、二人の頭上へ浮かんだ。照らし出された光景は、密に生えた木々にかこまれた楕円形の空き地。地面は舗装されていないが、玉砂利が敷きつめられていて、あきらかに人工的に造られた場所だ。

空き地に通じる道には、石の鳥居が立っている。イグディオロンはその下をくぐって入ったのだ。鳥居の反対側には、年代物の木製の神社の社殿があった。大型の物置程度のサイズで、無人なのは間違いない。

「いい場所だろう。とてもふさわしい。降りろ」

指示通りに裕也はシートから降りると、靴下の裏で玉砂利が鳴った。ミナに向けて右手を差し出した。女王とプリンセスとの生活で、エスコートの動作も自然と身についた。

ミナは優雅に裕也の手を取り、気品に満ちた身のこなしで玉砂利に降り立つ。

「ここにふさわしいって、なにがですか？」

ヘルメットとゴーグルをはずして、現女王はニッと笑った。

「裕也とのセックスだ」

「…………」

裕也が次の言葉を出すまで、間が空いた。

「ここは神社です。そんな不謹慎なことはまずい！」

「不謹慎とは妙なことを言う。王侯貴族同士が正式な魔力の交換をするために、上位の御方の建物で交わるのは普通のことだ。この世界では上位の御方の建物を、神殿や神社というのだろう」

「マーハランド王国ではそうかもしれないけど」

「わが王国だけではなく、世界のどこでもそうだ」

「こっちの世界では」

「ここは無人だから都合がいい」

「だから、こっちの世界では」

裕也の背後から、ザザザザと玉砂利が連続して踏みしだかれる音が鳴った。ふりかえると、オートバイに乗ったテレザの姿がある。こちらは市販されている普通の車種だが、またがっているのがヘルメットにゴーグルをつけたメイドなので、かなり不思議な雰囲気をかもしだしている。

裕也がエスコートをする間もなく、テレザはスカートを閃かせて、身軽にシートから降りた。ヘルメットとゴーグルを取って、深々と頭を垂れる。

「裕也殿、今夜はわたしも御相伴にあずからせていただきます」

「おしょーばん？」

テレザの言葉も魔法で自動的に日本語に翻訳されているが、裕也の知らない単語が出た。

「わたしもクリエムヘルミナ陛下とごいっしょに、裕也殿の魔力をもったいなくもいただくのでございます」

「それはまずいって言ってるのに！　だいたい昨日のミナ陛下は、ぼくの裸を見るのも恥ずかしがっていたのに、今日は積極的すぎる」

「裕也から魔力を得て、わたしは大いに成長したのだ。今や、裕也と交わることにためらいはない。この国のことわざでも言うであろう。君子豹変す、と」

「確かにミナ陛下は本物の君子だけど、それでも神社でするのは、ひゃああっ！」

メイドの両手の指が下半身に触れた途端、トレーナーのパンツとトランクスが肉体を通り抜けるようにして奪い取られた。靴下まで足からなくなって、足裏の肌に玉砂利のひやりとした感触が直接伝わる。

「うわあっ、まずい！　これはまずいよ！」

裕也は焦って両手で股間を隠した。宗教には無関心な高校生でも、神社の境内でペニスと睾丸と尻をまるだしにすることは、日本人の精神に刻みこまれた禁忌に触れる。今日の夕方に高校の教室でセックスをしたことよりも、はるかに大きなタブーを冒している。

「こんなこと、絶対に許されないよ」

「かまわんよ、わが友よ」

「えっ？」

どこからか、声が聞こえた。テレザでもミナでもない。あきらかに男の声だ。あわてて周囲を見まわしたが、自分たち三人以外に人影はない。社《やしろ》の背後か、森の木々の中に隠れているのかもしれないが、距離があるので叫ばなければ聞こえないはずだ。今の声は近くから普通に話す声だった。

（なんだ？　かまわんよって？）

（かまわん。かまわん）

（かまわないのか）

謎の声がスイッチを入れたように、裕也の思考は超高速で回転した。脳の片隅で、自分がなにかにそそのかされているという認識もあったが、回転に巻きこまれて消えてしまう。

「ここでしても、かまわないんだ」

「決意されましたか、あっ！」

裕也は両手で、テレザのメイド服の大きく開いた胸ぐりをつかみ、一気に下へ引っぱった。胸ぐりがずり下がって、大きな乳房の下にまわる。乳房の上半分だけが露出している状態から、胸全体がオープンになった。

ブラジャーはない。裕也の目の前にすべてがあらわになった乳房が、解放の勢いに乗って上下にプルプルと揺れている。

テレザは驚いた顔になるが、胸を隠そうとはしないで、両手を背中にまわした。自ら豊かな乳房を、裕也へ向かって強調した。

「裕也殿がここまで積極的になられるとは、予想外でございます」

「それは……」

裕也本人にもいきなり積極的になれた理由は、判然としない。返答できないまま、はじめて目にするテレザの裸の胸を凝視した。

裕也の目測では、テレザの乳房のサイズは、ミナとシーナよりもやや大きく、サンドラよりはやや小さい。今は乳房の下に挟んだメイド服に押し上げられて、豊満な乳肉全体が持ち上がっていた。

淡い乳輪の中心には、ピンクの粒が突き出ている。王家の人間ではないためか、乳房の大きさに比べて小ぶりだ。

「ミナ陛下のおっぱいも見せて」

ミナの黒いライダースーツの首にあるファスナーをつかむ。一気に引き下げると、胸のふくらみを越え、鳩尾《みぞおち》を越えて、腹の途中で止まった。メイド同様に驚いている現女王のライダースーツを両手でつかみ、力まかせにはだけさせると、胸からへその下まで逆三角形に広がった。

ミナもブラジャーをつけていない。白い乳房がどっと外にあふれ出て、メイド同様に大きく上下に弾んだ。胸の下にも白くなめらかな素肌がつづき、逆三角形の頂点近くに縦長のすっきりしたへそが刻まれている。

黒いラテックスの間の白い肌の対比が、美術作品のようにも見える。裕也もグラビアなどでよく見た構図だが、実際に目にすると、裸の下半身が痺れるほどセクシーだ。

半裸の黒いライダースーツの現女王と巨乳をあふれさせたメイドが並ぶ姿を見て、裕也は頭とペニスが噴火しそうになる。閃光のような衝動に駆られて、両手をすばやくミナとテレザの脇腹にまわし、力まかせに二人の身体を寄せた。肩と肩をギュッと押しつけられた主従は疑問の声をあげる。

「なにをする、あっ！」

「なんのつもりで、うっ！」

裕也から向かって右側に立つミナの左の巨乳と、左側に立つテレザの右の豊乳を、それぞれつかんで、乳房を寄せる。二人の乳肉が触れ合い、現女王とメイドの乳首が接近して今にも重なりそうに並ぶ。そろって豊満なバストだからこそ可能な技だ。

「こんなやり方は納得いかん！」

ミナは背後へ退こうとする。だが乳房を握る裕也の手から、魔力の一撃が流れこんできた。昨日知ったばかりの快感が、乳肉の中で沸き立つ。

「あああっ！」

「はひいいっ！」

主君に身を寄せるメイドも、右胸に魔力を打ちこまれる悦楽に声をあげ、身悶えした。

「これがメリンダ・エメル・マーハ陛下から受け継がれた魔力でございますか！　ああ、なんとすばらしく、なんと心地よいのでございましょう！」

テレザの魔力交換の経験は、昨日まで処女だったミナよりもはるかに豊富。しかしこれほど気持ちのよい魔力を受け入れるのははじめてだ。こうして片方の乳房を持たれているだけで、乳肉が蕩けそうに感じてしまう。

ミナとテレザは裕也の手から離れることができず、身体を悶えさせて、押しつけ合う肩と肩、脇腹と脇腹、腰と腰をこすり合わせる。

二人が起こす摩擦熱に炙られているように、ミナのつかまれている左胸の乳首と、触れられていない右胸の乳首が、ともに勃起してムクムクと膨張していく。教室でのサンドラとシーナと同じく、たちまち小指の第一関節までのサイズに成長したピンクの肉筒が、ふるふるとわななないた。

裕也は背中を曲げて、顔をくっついた主従の乳房に近づけた。

「ミナ陛下とテレザさんの胸を舐めさせてもらいます！」

言葉はていねいだが、並ぶ二つの乳首を口に咥えると、乱暴に強く吸いこんだ。口内に乳首を根もとまで入れると、外にもどるのを防ぐために前歯で甘噛みした。

「ひゃんっ！」

「ひゃおっ！」

主君とメイドがよく似た叫びを共鳴させる。乳輪に軽く食い入った上下の歯列から、新たな魔力がピリピリと刺さり、たまらない愉悦を生む。

裕也は噛むだけでなく、舌先で現女王の大きな肉筒とメイドの小粒な突起を同時につつき、舐めまわした。歯の刺激にプラスされるぬるぬるした舌の愛撫が、ミナとテレザが享受する魔力と快感を倍増させる。

「あひい！　裕也っ、あああ、この体勢は恥ずかしいぞ！」

「はううん、裕也殿、このなされようは、陛下に対して畏れ多いでございますう！」

二人がかりで裕也から魔力を搾り取るつもりだったが、この責めは想定外だ。二人のイメージでは、マンションでテレザが裕也を拘束したように、自分たちが責める側のはずなのに。

裕也もまた、自分の行動が意外だった。衝動的にやったこととはいえ、自分が二人の乳首に同時にしゃぶりつくとは思わなかった。これも謎の男の声に後押しされたためだろうか。ただ舌先に大小の硬くなった乳首を感じると、全身に悦びの炎が燃え盛り、自分らしくない行為を止める気には絶対にならない。

それどころか、もっと二人を感じさせたい、今以上に悶えさせたい、という欲望が巨大な入道雲のごとく湧いてくる。乳房を押さえていた両手を離し、ミナとテレザの下半身へと伸ばした。

唇と前歯だけで乳首を捉えたまま、右手を現女王のライダースーツのへその下まで開いたファスナーの中へ挿し入れた。左手はメイドのスカートの中へ潜りこませる。かなり無理な姿勢になるが、全然気にならない。

両手はともに下着に触れなかった。最初からノーパンだったのか、穿いていたショーツを魔法で消したのかはわからないが、指先が閉じた肉唇に当たった。

二本の人差し指の腹で、二筋の秘裂をなで下ろして、閉じた内側へ押し入る。

「あんんっ！」

甲高く喘ぐミナの中に挿入した指は、すぐに硬い突起にぶつかった。それが本来のサイズから大きく成長した、王家の証のクリトリスだと直感する。

「んふふう！」

甘く熱い吐息をあふれさせるテレザの奥に侵入した指は、同じく硬直したものに遭遇した。現女王の女の宝玉よりは小さいが、ヒクヒクと感じやすそうに脈打っている肉の真珠だ。

二つの宝石を、親指と人差し指で強くつまんだ。

「ひぃいいいいいいいいっっ！」

「ほおおおおおおおうっっ！」

歓喜の絶叫の二重唱が、神域から夜空へ向かって翔け昇った。

二人の声がまだ反響している間に、四本の手が裕也の肩や胸を激しく突いた。口から唾液まみれの二つの乳首が吐き出され、ライダースーツとスカートの中から女蜜に濡れた指が引き抜かれる。

裕也の身体は一瞬空中を舞い、背中から玉砂利に落ちた。

（まずい！　陛下たちを怒らせた！）

激しく後悔して起き上がろうとした腰に、ミナがすとんとまたがってきた。Ｍの字の形に開脚した中心に、横から伸びたテレザの右手がさっと触れると、股間の布が楕円形に切り取ったように消え失せた。

下着を穿いていないので、ぽっかりと空いた穴から恥丘と肛門が露出する。

「ああ……」

裕也は思わず声を洩らした。自分の勃起男根のすぐ上に、黒いラテックスに縁どられた女性器が花開いている光景は、とんでもなく刺激的だ。ほんの一度だけ指で縦になぞり、クリトリスをつまんだだけなのに、秘唇は左右に広がり、花弁を愛蜜で濡らしていた。

そして現女王の女の宝石は、裕也の魔力に反応してピンとそそり勃ち、あらわな二つの勃起乳首とともに、ミナが王座の支配者だと主張している。

「ミナ陛下、あの」

「裕也が一方的に責めるなど、裕也のくせに生意気だぞ。メリンダ・エメル・マーハ陛下の魔力を受け継いでいようともな」

「それじゃ、まるっきりぼくが、のび」

「裕也から男根を与えられるのではなく、わたしが裕也の男根を喰らうのが、正しいあり方だ」

「昨日と全然違う！　はう！」

テレザの手が肉幹をつかみ、垂直に立てた。亀頭の先端に触れる位置で、女肉の花びらが生々しく咲いている。

ミナが身体を落とすと、タイミングもぴったりに肉幹からテレザの手が離れた。亀頭が肉襞の中心に開く膣口に触れる。その瞬間、指で触れられるのとは大きく異なる魔力が膣に流れこみ、女体の中心を駆け上がった。

「はあああ……これ、これなの」

現女王の表情が蕩けて、今までの王者の威厳を保つ言葉がかわいい娘のものになる。ミナの両脚から力が抜けて、裕也の腰に落下した。亀頭が膣を押し広げ、一瞬で肉幹の付け根まで女肉の中へ埋まる。

「あううううっ！　いいっ！　裕也の鋭い槍がすごいいいいっ！」

ミナはあられもない叫びを神聖な空間に響かせて、手首まで漆黒のラテックスに包まれた両腕を、裕也のライトグレーのトレーナーシャツに潜りこませた。意図した行動ではなく、裕也のペニスに貫かれた悦びを反射的に表現しているだけだ。

「ううっ、ミナ陛下のも気持ちいいですっ！」

ペニスを隙間なく熱く濡れた粘膜に包みこまれて、裕也も快感に痺れた。無意識に横たわった胴体を躍らせ、尻と背中の下で玉砂利をジャラジャラと鳴らす。背中にはじめての感触を味わいながら叫んだ。

「ぼくだって、ミナ陛下にされっぱなしにはならない！」

裕也は両手でミナのラテックスの尻をつかみ、前後左右に揺さぶる。ミナは自分の意志を超える快感にわななき、十本の指を、裕也の胸へ這い進ませた。

両手に押されてたくし上がったトレーナーとアンダーシャツが、裕也の顎について、胸がさらけ出される。ペニスから送りこまれる悦楽と魔力をお返しするように、ミナの指が裕也の胸板をなでまわした。

現女王からの愛撫を受けて、裕也は声を搾り出す。

「ミナ陛下、キスを」

訴えが終わるよりも早く、口をふさがれた。現女王の唇ではない。テレザがすばやく裕也の顔をまたぎ、スカートの裾をヒラヒラとはためかせて、股間を口に押しつけてくる。

裕也の唇とテレザの開いた肉唇がキスをした。

「うんんっ！」

「あははあ」

メイドの笑いと喘ぎが混ざった声が響き、軽く触れたキスの感触を裕也の口に残して、股間が持ち上がる。

驚きに見開いた裕也の視界を、膝立ちになったテレザの左右の内腿と、その中心でほころぶ女性器が埋めていた。今はテレザが両手で自分のスカートをまくり上げ、下半身を魔法の照明にさらしているので、強烈に悩ましい光景を鮮明に見つめられる。

見上げる恥丘の上にはメイド服からあふれる豊乳があり、乳房の上からは、テレザの笑顔が淫靡な欲望をたたえて見下ろしてくる。

「裕也殿、テレザの淫らな部分を口で愛撫してくださいませ。この国では、クンニと呼ぶのでございましょう」

裕也は息を呑み、視線を自分の下半身へと向けた。ミナが男根を呑んだ腰をうねらせながら、見つめ返してくる。

「あああ、わたしといっしょに、はううん、テレザを果てさせてあげて！」

美貌を朱に染めて、よがり声混じりに懇願する顔はすばらしくかわいい。顔の下ではだけた黒いラテックススーツからあふれる巨乳が弾み、黒光りする腰をくねらせて、淫らなダンスをつづけている。

現女王の艶姿に、裕也の男根がいっそう苛烈に燃え上がり、ミナの中で暴れた。ミナの顔が快感に強く引きつり、懇願の声がより熱く切迫した音色を帯びる。

「はひいいっ！　早く、テレサにクンニをしてっ！　早くしないと、わたしが先に果ててしまうのおっ！」

裕也はミナの尻から両手を離すと、テレザの素肌の尻をつかみ、自身の顔の上に引き下ろした。メイドの開いた秘唇が再び口に当たり、今度は強く押しつけられる。

唇だけでなく、鼻先まで愛液でべったりと濡らされ、生々しい芳香が鼻腔に押し寄せた。女の薫香が肺の中に流れこんで、身体の内側からカッと熱くなる。匂いは頭の中にも充満して、脳を赤く染められた。

「うっ、むんんん……」

クラクラする意識のまま、思いっきり舌を伸ばして膣の中へ突き入れる。

「はっあああ！　裕也殿、すてきでございます！」

頭上から嬌声が響くとともに、周囲の粘膜が強く締まった。ぬるぬるの肉壁がうねうねとうねり、逆に舌をしゃぶられているようだ。

負けじとさらに深く舌を突き入れると、鼻先が肛門のすぼまりを突いた。

「くほおお！　お尻の穴にまで、おおお、魔力をそそがれていますっ！」

舌と鼻から流れこんでくる強烈な魔力に浮かされて、テレザは両手を前に伸ばした。ほとんど自覚のないまま、向かい合う主君の揺れる左右の乳房をつかむ。

「はっあああ！　テレザ、なにをするの！」

そういうミナも反射的に両手が裕也の胸から離れて、メイドの悶える豊乳を握っていた。

「あおおう、クリエムヘルミナ陛下、無礼をご勘弁ください」

「うっんん、許すわ。あああ、テレザの魔力も感じるわ」

「わたしも、ほおおあう、クリエムヘルミナ陛下からもったいなくも、魔力を賜ってございますう！」

マーハランド人にとって、セックスは魔力を交換する行為でもある。しかし女王とメイドという大きな身分違いの間で、魔力を融通することは滅多にない。主従は初体験に酔って、相手の乳肉を揉みたて、乳首をしごきあげることに没頭した。その間にもやむことなく尻をくねらせ、裕也のペニスと舌を貪りつづける。

裕也から女性器に与えられる膨大な魔力を、さらに互いの胸に送り合い、分かち合う。未知の体験は、ミナとテレザを猛烈な勢いで絶頂へと飛翔させた。裕也も二人の女性器を同時に貫き、堪能する初体験に、射精へ向かって疾走している。

（うおおおおっ、出るっ！）

「んんんんんんんんんんんんんんんんっっ‼」

声にならないうめきが、テレザの女花と肛門を振動させる。

精液が尿道を駆けぬけて、ミナの膣の深奥へとほとばしった。

互いの手できつく握りしめられた乳房が変形して、四つの勃起乳首がバラバラの方向を指して震える。

「あっおおおおおう！　陛下、先に果てさせていただきますううううっっ‼」

「いっしょに！　はっああ、わたしもいっしょに果てるわあああああっっ‼」

そろって痙攣する二つの半裸身が、胸を握り合ったまま横に倒れて、玉砂利を大きく鳴らした。

ミナの股間からすっぽ抜けた肉棒が、勢いをつけて跳ね上がり、精液と愛液を神域に飛び散らせる。いくつもの滴が、白や黒の玉砂利を濡らした。

茫洋とした夢心地で横たわる裕也は、笑い声を聞いた。ミナでもテレザでもない。二人は身を寄せ合うようになかよく寝転がって、せつなげな吐息を交わしていた。なにより笑い声は間違いなく男のもの。

まぶたを開くと、頭上の夜空に大きな人影が見えた。瞬きをして目の焦点をしっかりと合わせようとすると、すでに影が消えてしまっている。

（なんだろう？　二人の魔法？）

マーハランド王国の女たちと暮らすようになってから、不思議な魔法を何度も目にしたが、今のミナとテレザが魔法を使う意味がない。

（ただの気のせいかな？）

寝転んだまま思考をめぐらせていると、夜空に別のものが見えた。

「げ！」

星々を背にして、東蘭高校の制服を着た二人の女が、背中から白い光の翼を広げて、降下してくる。

「サンドラ陛下……シーナ殿下……やばい！」

あわてて身体を起こして、自分の脇に転がるミナとテレザに目を向け、また降りてくるサンドラとシーナを見上げた。

第五章　ハーレムで世界を平和に

強烈な陽射しが作るビーチパラソルの影が、デッキチェアに寝そべる裕也を包んでいた。傑作飛行機と名高い双発プロペラ機ダグラスＤＣ－３をプリントしたトランクス型の水着一丁の身体は、突然の夏に汗を浮かべている。

日本はまだ高校の制服の衣替え前だが、この砂浜はすでに真夏。

ついさっき足を波につけてみたが、とても気持ちがよかった。

連休の初日の朝に、裕也は太平洋の無人島にやってきていた。もう日本の領海の外だ。

三日前に、夜の神社で険悪な雰囲気になったサンドラとシーナとミナを、裕也は懸命に説得して、気がつくと仲直りのためにみんなでバカンスに行こうという話になっていた。

人目を気にしないでゆっくりできる場所がいいというテーマで、両家のメイドがプレゼン合戦をして、裕也のアイデアをもとに、南洋の無人島に決定した。

近くの大きな島までは、昨日のうちに普通に飛行機の定期便でやってきた。

裕也はパスポートを持っているが、マーハランド王国の五人はどうするのかと思った。やはり魔法でどうにかしたらしい。一行が成田空港で出国審査を受けるときに、じろじろと見つめられて、裕也はこめかみの血管がピクピクするほど緊張したが、なにも問題は起きなかった。

　空港の他の人々の反応から見て、日本人ではない五人の美女の中に、ごく平凡な日本人男子が混じっていることが目を引いたようだ。

　空港のある島のホテルに一泊してから、今朝、こっそりと魔法で移動した。荷物はすべて二人のメイドの収納魔法で運び入れた。裕也が寝そべるデッキチェアも、となりに立てたビーチパラソルも、エリルとテレザが運んだもの。

　メイドが砂浜の一角に立てた大きなテントで水着に着替えた裕也は、一足先にまばゆい陽光の下に出て心待ちにしていた。

　もちろん女王とプリンセスの水着姿を。

（もとから大胆なサンドラ陛下となにかに目覚めちゃったミナ陛下は、露出の多い水着かな。シーナ殿下はやっぱりおとなしいデザインだろうな。エリルとテレザはもしかすると海でもメイドの制服もしれない。いやいやきっと水着になってくれるはず）

　いろいろ妄想してニヤニヤしていると、突然デッキチェアの左右に大きな布が出現して広がった。どこにも布を支える柱やロープは見当たらないが、砂浜から二メートルほどの高さまで垂直に立っている。戦国時代の武将が、野外に陣地を作るときに張る陣幕を思わせた。

　右側の布には、豪華絢爛な赤薔薇と白薔薇を刺繍したヴィル・マーハ家の紋章。

左側の布には、優美華麗な三日月と水晶を刺繍したフルル・マーハ家の紋章。

「なになに⁉」

驚いてデッキチェアから跳ね起きた裕也の前で、盛大に現れた布は惜しげもなく、あっさりと消えてしまった。後には、それぞれヴィル・マーハ家の三人とフルル・マーハ家の二人が立っている。

サンドラ女王とミナ現女王の高らかな声が重なり合った。

「じゃーん！　この世界の言葉でいうと、サプラーイズ！」

「どうだ！　じつにすごかろう！」

サンドラは、淡いピンクのワンピース水着。正面に細長いVの形の切れこみがあり、へその下までつづいている。そのために左右の大きな乳房の内側半分が露出した。

下半身はハイレグで、太腿の付け根部分が全開だ。クルリと身体をまわすと、むっちりと盛り上がる尻たぶの素肌の半分が、裕也の目にくっきりと映った。

泳ぐための水着ではなく、サンドラの豊満な肉体の魅力をセクシーに強調して、裕也に見せつけるための水着であることは明白。

姉のとなりに立つシーナは白いビキニ。布の面積の少なさは姉以上だ。

ビキニトップは巨乳の前面に貼りつく、二つの小さな正三角形。三辺のまわりにはみずみずしい乳肉がたっぷりとはみ出ていた。

ビキニボトムも小さな逆三角形で、サイドはたよりない白い紐になっている。

裕也の視線を浴びて、シーナはあらわな全身をもじつかせて叫んだ。

「違うわ！　この水着は、姉上が見立てたもので、こんなにあられもない格好になるなんて、つけるまで気がつかなかったわ！　きゃあ！」

横から伸びた女王の手が、プリンセスの身体を軽くクルリとまわして、後ろ姿を裕也へ向けた。白いビキニが隠しているのは、尻全体の中心の三分の一だけ。姉以上に生の尻肉が見える。

顔だけでなく色白の全身を羞恥で赤らめながら、逃げ出したり、しゃがんで隠したりしないのは、王家のプライドがあるからだろう。もっともシーナを羞恥で燃やしているのは、その王家の頂点にいる人物だ。

シーナの尻の先に、裕也とデッキチェアを挟んで、ミナのビキニ水着姿が堂々と立っていた。だが顔は苦い表情だ。

「なんということだ。シーナと被っているではないか！」

すぐにテレザの声があがる。

「申し訳ございません。わたしの調査が至りませんでした」

ミナのビキニの色は、シーナとは真逆の黒。しかし形状はほぼ同じ。

シーナよりもさらに白い肌の巨乳には、二つの小さな黒い正三角形が貼りついている。

隠れていない乳肌の面積のほうが広い。

白い下半身の中心に、黒く小さな逆三角形がぴったりとくっついている。裕也からは見えないが、尻たぶも大部分が外へ出て、熱い日光を浴びた。

二人の女王も、プリンセスも、海へ飛びこんだ瞬間に水着がはずれて、どこかへ流されていきそうだ。

裕也は視線を左右の女王とプリンセスへ走らせてから、二人のメイドへ向けた。

両家のメイドも南洋の無人島では、さすがにいつもの制服ではない。

二人とも、ほぼ同じデザインのビキニ。

エリルはライトブルーのトップとボトムに、メイドのエプロンを思わせる白いフリルをあしらったもの。

主君たちとは対照的に、ビキニの布面積は広く、胸と下半身をしっかりと包んでいる。高飛びこみをしても脱げなさそうな、安心できるデザインだ。

テレザはダークブルーのトップとボトムに、メイドのエプロンを思わせる白いフリルをあしらったもの。

主君にならってビキニの布面積は狭く、ちょっと泳げば簡単にはずれそうなデザインだ。

不思議なことに、二人とも水着なのに、頭には白いメイドキャップをつけたまま。メイドたち本人も、主君たちも、なにも言わないところを見ると、これがマーハランド王国では普通なのかもしれない。

「サンドラ陛下、シーナ殿下、ミナ陛下、エリルさん、テレザさん、みんなすてきだ！」

それが裕也の偽らざる素直な感想だ。露出過多の水着姿に並ばれて、トランクス型スイムパンツの前が破れそうなほど盛り上がっている。

「で、一番は誰だ」

傲慢をたっぷりとトッピングした声が、ミナから飛んできた。

「どうして、ミナ陛下はそんな面倒なことを言うんですか！」

「遠慮はいらん。真の女王の水着姿こそ、最も麗しいと宣言するがよい」

ミナが胸を反らすだけで、胸がふるんと揺れて、黒いビキニトップがずれそうになる。

自身満々で乳房を揺らすミナへ向かって、シーナがズカズカと突進した。こちらもバストがフルフルと揺れて、白いビキニトップがずれそうだ。

「ミナッ！　おまえという奴は、裕也くんがせっかく平和に過ごす機会を与えてくれたというのに」

ヴィル・マーハ家のプリンセスの指が触れる寸前に、フルル・マーハ家の女王が俊敏に身をかわした。揺れる黒と白のビキニトップがニアミスをする。

「はははは！　自分に自信がないものだから、話をなかったことにするつもりか」

「なんだと！」

ビキニ同士をつき合わせてシーナとミナがにらみ合う。今にもつかみ合いになりそうな熱気に、裕也がおろおろしていると、サンドラのおっとりした声が響いた。

「あらあら。ミナさんのそういう物言いは、お母様の生き写しですわね」

今の今まで傲岸不遜を絵に描いていたミナの表情が、一瞬で曇った。

「そんなに、わたしは母上に似ているか」

「とても残念ながら。その意味を自覚しているのならば、気をつけられたほうがよろしいでしょう」

「ふん。そんなことは、があっ！」

ミナが棒立ちになり、ひずんだ悲鳴を発した。同時にシーナとサンドラも全身をこわばらせて、かすれた絶叫をほとばしらせる。

「なっ、おあああっ！」

「これは、ひいいいっ！」

王族だけでなく、二人のメイドも身体を痙攣させてわめく。

「陛下、殿下、あぐうううう！」

「クリエムヘルミナへいかあああおおおおお！」

裕也は最も近くに立つシーナに抱きつき、声をかけた。

「どうしたんだ？　みんな、なにが起きた⁉」

「ま、魔力を奪われている……羽田の空のときと同じ……うう、もっと酷い」

裕也の腕の中でシーナは白目を剥き、ガクンと首を前へ倒した。意識を失ったプリンセスの体重が、両腕にのしかかってくる。

まわりでは支えのない四人が、人形のように砂の上にバタバタと転倒した。全員が白目を剥いて、ピクリとも動かない。

「なにが起きてるんだ！　みんな、しっかり、はっ⁉」

頭上から凄まじい気配を感じ、シーナを抱きしめて空を見上げた。その途端、文字通りに空が砕けた。青空の一部と散らばる白い雲のいくつかに、黒いひびが何百と走って、ガラスに描いた絵のように粉々の破片になる。

青空に開いた大穴から、黒い巨体が悠然と飛び出してくる。

それはドラゴン。最大級のジャンボジェット機に比肩する巨大な黒いドラゴンだ。

闇そのものを凝り固めたと見える胴体や四肢、長い首と尾、そして空を覆い隠すように広がった二枚の翼の表面に、青白い稲妻が走りつづけている。生物ではなく、超常の存在としか言いようがない姿を、裕也は知っていた。

「ダルハラク！　ひいおばあちゃんが倒したドラゴンがどうして！」

地上の小さな裕也の声が、空高くに浮かぶ巨大な怪物に聞こえるとは思えない。だがドラゴンははっきりと答えた。口から放たれた咆哮が空気をビリビリと震動させて、やがて鼓膜を破りそうに大きな日本語と化した。

「いかにも、我はダルハラク。憎んでも飽き足らぬメリンダ・エメル・マーハの子孫よ。我は世界と世界の狭間に閉じこめられておった。長い月日をかけて、この地球という世界から魔力を吸収して、自らの解放を狙っていた。マーハランドの王族どもが地球に来たおかげで、必要な魔力を一気に奪うことができたのだ」

稲妻の走る黒い頭に浮かぶ二つの青い眼球が動き、縦長の真紅の瞳が裕也へ焦点を合わせる。頭上から視線をそそがれるだけで、裕也は大重量に押しつぶされる思いがした。

「メリンダの子孫であるおまえと王族たちを殺して、魔力を喰いつくせば、我は完全となる。その後に地球を焼きつくして、マーハランド王国も滅ぼしてくれよう」

(逃げなくては！)

裕也は一度思ったが、腕の中のシーナを見て、周囲の四人を見まわした。

(みんなを置いて逃げられるわけがない！　メリンダ女王も、あいつを封じられたんだ。魔力を受け継いだぼくにだって！)

今まで数えきれないほど見てきた漫画やアニメの名場面を思い浮かべて、全身の気力をふりしぼり、雄叫びを放つ。

「うおおおおおおおおおおおおおっっ！」

声帯も裂けよとばかりに絶叫しつづけた。ついには喉が痛くなり、何度も咳きこんでしまう。しかし、なにも起こせなかった。自分の身体に変化もなければ、身体からなにか出てきもしない。

「気がすんだか、メリンダの子孫よ。よい余興であったぞ」

ドラゴンの咆哮はあきらかに嘲笑っていた。裕也の不毛な努力を、まさに上から楽しんでいる。

「おまえにはメリンダから受け継いだ魔力はあるが、それを使う術がない。おまえにはなにもできぬ。我に喰われるのみ！」

ダルハラクの首が下を向き、ゆっくりと降下してくる。

「だめだっ！」

裕也はとっさにシーナを抱きかかえたまま、走り出そうとした。だがダルハラクの巨体の中の稲妻が外へ飛び出し、裕也の走る前に落雷する。強引に立ち止まったために転びそうになる二人の周囲に、細い稲妻が豪雨のごとく連続して落ちて、空気が焼ける匂いがたちこめた。

サンドラが見せてくれた過去のダルハラクの稲妻の規模は、こんなものではなかった。裕也を生きたまま喰うために、威力を抑えているのだろう。それでも直撃すれば、瀕死は確実だと戦慄させられる。

(どうしようもないのか！　ぼくが喰われるせいで、地球とマーハランド王国を滅ぼされ

るのか！　そんなことは）

「いやだあっ！」

　叫ぶ裕也とシーナに、濃い影が落ちた。ふりかえれば、ほんの数メートル上に大きく開いたドラゴンの口がある。メリンダ女王と戦ったときとは異なり、口内には黒い牙の列と黒い舌が覗き、その表面に稲妻が渦巻く。浴びせられる空気の焼ける濃密な匂いは、おぞましい吐息なのか。

　裕也に死ぬ覚悟などない。しかし確実に訪れる死の予感に全身を貫かれ、次の瞬間には裕也の目が光に射られた。

　だが、それはダルハラクが放った稲妻ではなかった。裕也とドラゴンの口の間にまばゆい白光が出現して、ダルハラクがもたらす死の進撃を食い止めた。

「なんだと！」

　妨害されて怒号を放つドラゴンの黒い巨体の周囲に、さらにいくつもの光が現れて、動きを押さえこんでいるように見える。白い光のひとつひとつが、ぼんやりと大きな人間の形をしていた。

　光から厳粛な声がいくつも聞こえた。すべて同じ言葉だ。

「我らが友メリンダ・エメル・マーハの友情に応えよう」

　空中に新たに黒い影がいくつも浮かび上がり、ドラゴンに飛びついた。それらも人の形をしているが、背中のあたりから翼が生えているようにも見える。

影たちも陽気な声を響かせた。

「我らが友メリンダ・エメル・マーハの友情に応えに来た！」

海面が盛り上がり、いくつもの水柱が高々と立ち上がった。あたかも大蛇のごとく空中で身をくねらせて、水柱もダルハラクの四肢や尾に巻きつく。

水柱もまた、雄々しいメロディのように言葉を奏でた。

「我らが友メリンダ・エメル・マーハの友情に応えて参上！」

光と影と水がドラゴンの巨体を包み、動きを止めた。身体からいくつも稲妻が放たれるが、すべて三種類の謎のものに吸収されてしまう。

「な、なにが起きてるんだ⁉」

唖然とする裕也の腕の中で、シーナの口が震えた。もどった青い瞳が光や影を見つめる。

「……あれは上位の御方たちだわ」

「神聖審判団が助けに来てくれたんだ」

「……違うわ。マーハランド王国ではなく、この世界の、地球の上位の御方たちよ」

「つまり、ぼくたちの世界の神……なのかな」

ドラゴンにまとわりつく翼を持つ黒い影たちの印象は、神のイメージからほど遠い。

「メリンダ・エメル・マーハは、異界から来た我々の友だった」

背後から男の声が聞こえた。間違いなく、二日前の夜の神社で聞いた声だ。ふりかえると高さ三メートルはある人型の光に包まれて、サンドラとミナ、エリルとテレザが立っていた。

「友の曾孫《ひまご》のために力を貸そう。だが因縁を断ち切るのはおまえ自身だ。異界の女王たちよ、なすべきことはわかっているな」

光の中でサンドラとミナがうなずく。意識は回復しているが、身体を支えられて、かろうじて立っている様子だ。それでも二人は右手を前に伸ばして、黄薔薇のバトンと三日月のバトンを出した。

黄薔薇と三日月が、裕也の額に触れた。

シーナも右手に自分のバトンを出し、先端の銀の星を裕也の額につける。

二人の女王とプリンセスが同じ言葉を唱えた。いつもは自動で日本語に翻訳される言葉が、今だけは裕也の耳に未知の言語として入ってくる。

今度こそ裕也の中で変化が起こった。身体の中でなにかが複雑に組み替わり、それまで存在しなかった回路が組み立てられて、大きなエネルギーが流れ、グルグルとめぐりだす、と感じた。

今まで自分の中に存在すると何度も言われながらも、まったく認識できなかった魔力が、はじめて凄まじい勢いでたぎっているのがわかる。莫大な噴火の力で山そのものが粉砕される火山のように、このままでは自分の肉体が爆発すると感じたときに、エネルギーがひとつに収束して、胸の中心からほとばしった。

裕也の胸から、黄金に輝くバトンが飛び出る。

「すごいっ！」

バトンの先端は、優美な三角翼を広げ、嘴《くちばし》のように鋭くとがった機首を誇らしげに伸ばす白い飛行機のミニチュアで飾られている。二〇〇三年に退役して二度と大空を飛ぶことのない、伝説の超音速旅客機コンコルド。裕也は飛ぶ姿を映像でしか見たことがなく、だからこそ永遠にあこがれの飛行機だ。

左腕だけでシーナの身体を支えて、右手でバトンを握る。胸から引き抜くと、身体をまわしてコンコルドを神々に捕らえられているダルハラクへ向けた。

ドラゴンの巨体から、光と影と水柱がいっせいに離れた。自由になったダルハラクが襲い来る。

裕也の口から、強い意志をこめたひと言が飛ぶ。

「くたばれっ！」

ダルハラクの凶悪な顔に、警戒の色が現れたように、裕也は思えた。しかしバトンからはなにも出なかった。

ドラゴンがまた嘲笑を浮かべたとき、横っ腹に黄金に輝くコンコルドの機首が激突した。

機体の色は実物とは異なるが、全長六十二・一メートル、全幅二十五・六メートルの機体の大きさは実物と同じ。もちろん本物のコンコルドが飛んでいるわけがない。

魔法で創られたコンコルドが、シンボルである鋭い機首を黒い胴体に深々と突き刺して、垂直に上昇した。これも現実の飛行機には不可能な飛行性能。

黄金のコンコルドは自身よりも大きなドラゴンを串刺しにしたまま、一気に音速を超えた。ダルハラクは絶叫とともに全身から稲妻を放つが、まばゆい機体は鏡のようにすべてを反射させる。

ほんの数秒で、金と黒の巨体がはるか彼方の高みに昇る。青空が、もうひとつの太陽が出現したように強烈な閃光に包まれた。

白く染まった空を見上げる裕也の背後で、光の上位の御方がのんびりした声で語った。

「思い上がった愚か者の最期だな。ダルハラクは自分がいかほど弱体化したのか、それすらも悟っておらなんだ。我らが友メリンダの曾孫よ、よくやった」

「あの、ひいおばあちゃんは」

もっとメリンダ・エメル・マーハのことを聞きたかったが、光が消えた。翼ある黒影もなくなり、水柱も海に没した。光に抱かれていたサンドラとミナ、エリルとテレザが、砂の上にへたりこんだ。

同時に、裕也は体内の回路がバラバラに分かれて、魔法を使う手段が失われたのを感じ取った。手からコンコルドのバトンも消えてしまう。

ただ声だけが、残り香のようにわずかに聞こえた。

「裕也よ、機会があれば、再会できよう」

神の言葉を噛みしめることは、裕也にはできなかった。体内の魔法回路は失われた。しかし、まだ魔力は体内に充満して、出口を求めて激烈に渦巻いている。

裕也は自覚した。地球人の自分を魔法が使えるようにするのは、三人の王族が協力してはじめてできる大業だ。裕也自身の肉体を破壊しかねない、一度きりの危険な賭け。

バトンを失った今は、体内で暴れる魔力の出口になる場所は、ひとつしかない。ドラゴンの襲撃を受けて縮こまっていたペニスが、破裂しそうなほどに勃ち上がって、ズキッズキッと脈動の音が聞こえるほどに疼く。

裕也の左腕にすがりついているシーナが、かぼそく告げた。

「姉上に魔力を与えて……今のままでは危険だわ……その次は……」

「シーナ殿下に与える」

「いえ、ミナに。大嫌いだけど……今はマーハランド王国の女王だから……」

「わかった。やっぱり殿下はすごい人だ」

プリンセスを慎重に砂に座らせると、裕也はサンドラへ向かった。砂浜に腹這いで横たわる女王の身体を仰向けにして、太腿をつかんで両脚を大きく広げた。

ピンクのワンピース水着のきわどいハイレグの股間を、裕也へ向けてさらけ出されたことに気づいて、サンドラはうめいた。

「あぁあ、裕也様……お手数をかけます……」

「気にしないでください。ぼくも魔力で爆発しそうです」

トランクス水着を降ろして全裸になると、股間から男根がかつてない高さにそびえた。膨張してパンパンに張りつめる亀頭だけでなく、肉幹全体が生々しい肉の赤みに染まっている。こんな凄まじい状態の自分のペニスを見るのは、当然はじめてだ。

「たいへんなことになってる！」

「おおぉ、なんと御立派でしょう」

女王の生気を失っていた緑の瞳がたくましい勃起を見ただけで、キラキラした活力を輝かせる。

「勇壮な大剣を、お舐めしたいですが、ああ、今は、わたくしの女の花園を貫いてくださいませ」

「仰せのままに！」

前戯を施す時間は、サンドラにも裕也にもなかった。右手で恥丘を覆う細い布をずらして、肉唇をあらわにする。左手で肉幹をつかんで、亀頭を縦溝の狭間に押しつける。それだけで心臓が高鳴り、射精がはじまりそうで、あわてて亀頭で秘唇をめくって、肉襞の中心に突入する。

「うおおうっ！」

「あひいいっ！」

赤熱した男根が根もとまで埋まり、全体がぴっちりと膣粘膜に包みこまれると、本当に即座に射精のスイッチが入ってしまう。精巣が決壊して、水圧で尿道が破裂しそうになる。

「出るううウッ‼」

「な、なあっ、なんという、魔力！」

サンドラは水に溺れて空気を求めるように口をパクパクと開き、瞬時に絶頂の深淵へと沈められる。

「イクッ！　ほっおおおおう！　イキますうううっっ‼」

大量の精液と魔力を流しこまれて、エクスタシーとともに女王の半裸身に活力がみなぎった。

ライバルの悦楽の叫びを耳にして、ミナは顔を向けた。サンドラの蕩けるよがり顔をにらんで、自分から腹這いの姿勢のまま尻を上げる。

「真の女王をあとまわしにするとは、不敬だぞ……今すぐ、裕也の槍を、わたしに入れて」

裕也は女王からペニスを引き抜くと、現女王のほとんどTバックの黒いビキニボトムを、尻の谷間から外へ引っぱり出して、尻たぶにひっかけた。

現れた秘裂を指で広げると、ミナの女花は弱々しい印象を受ける。

「ミナ陛下、ぼくの魔力を受け取ってください！」

精液ではなく血液を噴き出しそうに見える赤い亀頭を、ひと息に現女王の奥まで撃ちこむ。裕也の腹とミナの尻が強くぶつかり、黒ビキニの身体が砂上をわずかに前へ進んだ。

ミナは男のシンボルと膨大な魔力を、一度に体内で感じて華々しく叫んだ。

「きゃひいいっ！　入ってくる！　入ってくるううう！」

熱い嬌声に誘われるように、裕也は全力で腰を動かし、暴走エネルギーに満ちあふれた男根を二度三度と突き上げる。

ミナは喉をつまらせて、短いうめきだけを吐き出した。

「くんっ……かふ……あくっ……」

大きく身悶えることはなく、腹這いで固まった全身を小刻みに震わせている。

十回目の突き上げで、裕也の精液と魔力が解き放たれた。

「ミナ陛下、出ますっ！」

現女王は身体が砂から浮くほどの絶頂の高揚を味わい、完全に声を失った。ライバルにつられて、頭の中でこの世界で覚えた言葉が鳴り響く。

（イクッ！　イクッ！　イクうッ‼）

男根が引き抜かれると、白い尻がブルッと踊り、やっと大きな声が出た。

「イックうううウッッ‼」

まだミナの叫びが聞こえるなかで、裕也はシーナを抱き上げた。あらためて密着した身体は、体温が低く感じる。シーナも抱きつきたいという表情だが、まだ腕に力が入らないようだ。

「シーナ殿下、お待たせ」

「ありがとう……裕也くん」

囁き声で応えるプリンセスを抱いたまま、裕也は砂浜に腰を下ろす。白いビキニボトムをずらして、自分の亀頭の上に座らせた。

「はっあああぁ……」

自らの体重で、シーナの中に肉棒がズブズブと入ってくる。

裕也は男根に押し寄せてくる女肉が、すがりつくようにわななくのを感じた。

「あうっ！　あああぁ……裕也くんで埋まっているわ」

声をあげるシーナの尻を両手でつかみ、力まかせに上下に動かし、水着をひっかけた尻で円を描かせる。小さな白い三角形を貼りつけた巨乳が弾み、裕也の胸板にこすれた。

「かきまわされているわ！　やはあああぁ、裕也くんの大剣で、わたしのすべてがまわっているう！」

「ぼくもシーナ殿下にしゃぶられて、ああっ、最高だ！」

最初にサンドラに挿入したときよりも少しは余裕があったが、やはり体内に充満して沸騰する魔力の圧迫は強烈だ。たちまち限界が来てしまう。

「殿下、出すよ！」

「出して！　くうんん、裕也くんので、わたしを満たして！」

シーナと自分への最後の一撃とばかりに、女尻を亀頭が抜けるギリギリまで持ち上げ、力をこめて落とした。快感の衝撃が二人の身体を貫通して、ひとつに連結する。

「出るううっ!!」

白いマグマが噴火して、プリンセスの身体を焼きつくす。大きく開いた唇と舌が、勝手に姉と同じ歓喜の言葉をほとばしらせた。

「イクッ！」

シーナの腕が持ち上がり、裕也の上体にしがみついた。二人の間で乳房が平らにひしゃげる。

「イクイクイクウッ！　わたしもイッちゃうううううううッッ!!」

エクスタシーの余韻に震えるプリンセスの身体を、裕也はそっと砂上に置くと、二人のメイドへ向かった。

エリルとテレザはまるで仲がいいように、並んで仰向けに横たわっている。しかし二人は互いに挑み合うように、唯一まともに動かせる目で相手をにらんでいた。

魔力を奪われて動けないのに、刺々しい空気を作るメイドたちの姿を目にして、裕也はある天啓を受けた。

(実際にやったら、まずいかな)

と、思ったが、自分の妄想を現実にしたいという欲望が止めようもなくふくらむ。これも体内で暴れる魔力のせいかもしれない。

「あの、エリルさん、テレザさん、二人を並べて、交互に貫いてもいいかな」

メイドたちはそろって目を丸くして沈黙するが、先にテレザが血色の悪い顔に、無理やり楽しげな表情を浮かべた。

「……よろしゅうございます。そのような経験を積むことも、メイドの務めでございます」

エリルも負けまいと、こわばった顔で微笑んでみせた。

「自分も……メイドとして異存はありません」

「そう言われると、二人のメイドの立場を利用しているみたいで、ちょっと気になるけど」

「気にしないでください、裕也殿」

エリルとテレザは偶然にも声をハーモニーさせた。

「うん、そうだな」

裕也は横たわるエリルの両脚をつかみ、膝を立てて、左右に広げた。

右隣のテレザの脚をつかんだとき、フルル・マーハ家のメイドが裕也へ告げた。足をつかまれただけで少し魔力を得たのか、饒舌になっている。

「ただ横並びになるのは、ありきたりでつまらなく思います。わたしとエリルを重ねてみてはいかがでございましょう。そのほうが興趣深いとエリルさんもそう思うでしょう」

「それは……そうね」

「エリルさん、ライバルと張り合って無理しなくていいよ」

と、裕也はいさめたものの、頭の中に巨乳メイドの水着姿が重なり、手足をからめ合う光景が浮かんだ。途端に体内で荒れる魔力に燃料が加えられて、全身がもっと熱くなり、一度はとりもどした余裕もなくなった。またもペニス全体が、太鼓を乱打するように疼きまくる。

「よし、やる！」

高らかに宣言して、両腕でエリルの身体を持ち上げ、ひっくり返してテレザの上に重ねる。腹と腹が、ビキニトップの乳房と乳房がくっつき合い、ボディラインがやわらかくたわんだ。

「んんっ！」

「くう！」

一度声をあげて、メイドたちは間近でにらみ合う。

「エリルさん、なかなかすてきなお身体でございますわね」

ている。

テレザの言葉に、エリルは無言を貫いた。

二人の下半身側にまわった裕也は、あらためて四本の脚を広げて、現出した光景に息を呑む。上に乗ったエリルのライトブルーのビキニボトムの股間と、下になるテレザのダークブルーのマイクロビキニの股間が密着して、二つの恥丘のふくらみが押し合ってつぶれている。

裕也が指で両者の水着の布をずらすと、剥き出しになった肉唇同士が、キスをするように重なり合う。テレザの女性器はすでに味わっているが、エリルの女性器を見るのは今がはじめてだ。

「すごい！　すごくきれいで、いやらしいよ！」

衝動的に放った大声を浴びせられて、メイドたちの身体が蠢き、意図せずして下半身の口と口がクチュクチュと小さな音色を奏でてしゃぶり合った。

「はんんん……あふぅ」

「ひっ……んくううう」

しゃぶり合ううちに、ひとりでに肉唇が大きく開き、肉襞同士もからんでこすれ合い、二つの膣口が裕也へ向けてあらわになる。

「二人とも、行くよ！」

上のエリルへ突撃した。上下の股間と尻に同時にぶつかり、はじめて触れるエリルの女

肉の中に、男根の根もとまで潜りこむ。すぐに膣壁が反応して、燃える肉剣にしがみついてくる。

エリルの締めつけに抗って、裕也はペニスを引き抜いた。わかっていてもエリルは嘆きの叫びをあげずにはいられない。

「あああっ！　裕也殿が抜けるう！」

裕也は亀頭の角度を変えて、再び二人の尻にぶつかり、テレザの肉を貫く。即座に濡れた圧力が迫り、裕也を強く締めつけて悦ばせた。

このままテレザを楽しみたいという欲望をふり捨てて、強引に脱出した。

「くうう！　裕也殿ぉ、せつないでございますう！」

その後はもう止まらない。裕也は全身全霊を集中して、上下に並ぶ二つの膣口を交互にえぐる動きに没頭する。エリルとテレザは膣内を強く深く満たされては、すっぽりと虚ろにされる刺激をくりかえされて、小刻みなよがり声を連続して発した。

もはや裕也の体内の魔力がいつ爆発を起こすのか、本人にもわからない。気がつくとエリルの奥で射精がはじまっていた。

「うわっ、もう出てる‼」

裕也は射精中の亀頭をエリルから引き抜き、白い水流を重なる二つの恥丘にかけながらテレザに突入した。残っていた精液をすべてメイドの体内に出しきる。

二人のメイドが全身をこすりつけ合って、絶頂をデュエットさせた。

「イクッ！　裕也殿に出されて、あああ、イクッウウッ!!」

「裕也殿、イカせていただきますう！　イック――――ッ!!」

重なってわななくメイドから離れて、大きく息をつく裕也の前に、すばやくサンドラがひざまずいた。活力を回復した美貌で、緑の瞳がねっとりと濡れている。

「ごくろうさまでした。わたくしに裕也様の大剣を清めさせてくださいませ」

返事を待たずに、女王は亀頭をすっぽりと口に入れて、ペロペロと舐めまわしはじめる。

「おおう、サンドラ陛下、気持ちいいです！　えええっ！」

サンドラの右側にシーナが膝をつき、左側でミナが膝立ちになった。休戦中の現女王とプリンセスはやはり碧眼と黒瞳をゆらゆらと潤ませて、女の欲望を見せつけてくる。

「裕也くん、わたしにも舐めさせて」

「裕也、わたしが舐めてやる」

「殿下も、陛下も、今まで口でしたことがないのに、はおうっ！」

サンドラが亀頭を咥えた男根の左右の側面に、二人が舌を這わせて独特の音色を奏でた。

サンドラが口から亀頭を出すと、ミナが見事な俊敏さで口に含んだ。二人の女王が担当する位置を交換してしばらく後に、シーナがミナの脇腹をつついた。ミナはしかたないという顔になって、プリンセスに亀頭を譲る。

三人の高貴な美女が順繰りに口でペニスを愛撫する姿は、あまりに刺激的すぎる。裕也は四度も大量に射精して、体内の魔力の嵐も収まったと思っていたが、たちまち爆発してしまう。急いで今咥えているシーナの口から亀頭を引き抜くと、大声で叫んだ。

「エリルさんとテレザさんもこっちへ来て‼」

射精寸前の男根の前に並んでひざまずくサンドラ、シーナ、ミナの後ろに、エリルとテレザが膝をついた。直後に裕也は盛大に精液を飛ばす。主君とメイドの五つの美貌に、白く粘つく飛沫が降りかかり、目鼻口を塗りこめていった。

はたしてマーハランド王国の国民がこの光景を目にしたら、なんと思うのか。そんなことは頭の片隅にも浮かぶことなく、五人はそろって歓喜の声を合唱させて、南洋の青空へと昇らせた。

「ほおおお、すてきです、裕也様」

「裕也くん、たまらない！」

「裕也の熱いのが沁みるう！」

「はああ、自分も溶けそう」

「最高でございますう！」

白い滴は流れて、五人の口の中に、そして食道を通って胃へ入る。

自分の精液を飲みこむ美女たちを見ているだけで、裕也はまたペニスを硬く勃起させていくのだった。

＊

三日間を無人島で過ごした。

ダルハラクを倒して、六人で激しく交わった後は、ごく普通のバカンスとなった。海で泳ぎ、砂浜で遊び、バーベキューをして、テントで眠った。とくに両王家で牽制し合ったわけでもないが、性的な行為はなかった。

そして明日には日本へ帰るという夕方に、裕也はシーナを誘って、テントから遠く離れた砂浜へ移動した。

裕也が身につけているのは、ライトフライヤー号を描いたトランクスの水着。

シーナは純白のワンピース水着。町のプールや海水浴場でも見られる、肌の露出を抑えたおとなしいデザインだ。フリルやレースやパレオなどの装飾はなにもない。

水平線に沈む夕陽を浴びて、二人の身体も水着も赤く染まっている。互いの緋色の姿を見つめて、ともにまぶしげな表情になった。

「ぼくはこういう雰囲気のなかで結ばれることに、ずっとあこがれていたんだ。今までなれなかったけど。明日は家へ帰るから、シーナ殿下と二人だけでいいかな」

シーナは初々しくうなずき、無言で肩のストラップをはずして、ワンピース水着を脱ぎ捨てた。赤い夕陽を浴びるプリンセスの全裸を、裕也はじっと見つめながらトランクスを下ろした。

ごく普通に二人は裸身を寄せ、両腕を相手の背中に強くまわす。男の胸板と女の大きな乳房が密着して、二つの乳球が平らにひしゃげる。やはり普通に唇を重ねて、舌同士をじゃれつかせた。

「ん、うんんん……」

「はむ……んむ……んふう」

ディープキスを終えると、立って向かい合ったまま、裕也は両手でシーナの巨乳を揉みほぐし、シーナは両手で裕也の肉幹と睾丸をなでさする。

「ああぁ、殿下、気持ちいい」

「はっんん、裕也くん、すてきよ」

裕也が比較的普通だと感じていたのは、ここまでだった。プリンセスは裕也に背を向けて四つん這いになり、豊かな尻を差し出した。裕也の目の前で、繊細な皺が集中する小さな花が咲く。

「お願い、裕也くん。姉上にしたみたいに、お尻の穴を舐めて」

「えええええっ！　いいの⁉」

「姉上がしてもらって、わたしがされていないのは納得いかないわ。もしかしてミナのお尻は舐めたのかしら」

「舐めてない！」

「よかった。お尻の穴を舐めたら、裕也くんさえよければ、この世界で言うアナルセックスに挑戦してみたいわ」

「えええええええええええええええええええっっ!?」

「まだ、誰ともアナルセックスはしていないでしょう。だめかしら？」

凛とした顔でたずねるプリンセスへ、裕也は一度息を呑んで答えた。

「ぜひ、挑戦させてください！」

上ずった声とともに、両手でシーナの尻肉をガッチリとつかんで谷間を広げて、唇を肛門に押しつけた。すぐさま舌を伸ばし、ピチャピチャと濡れた音色を鳴らして細密な皺を舐めまわす。そしてとがらせた先端で肛門の中心を突き破り、尻の内側へと進入した。

「ああああっ！　入ってくる！　裕也くんが、わたしのお尻に入ってくるわ！　こ、これ、気持ちいいっ！」

未知の快感によがるプリンセスの肛門へ、裕也の男根が挿入されるのは、もう少し後だった。

＊

半年後。ヴィル・マーハ家とフルル・マーハ家の王位をめぐる戦争は再開して、やがて決着を迎えた。

勝利したのはフルル・マーハ家だった。

クリエムヘルミナ・フルル・マーハは王座を護った。しかし以前とは大きな変化があった。亡命していた前女王アレクサンドラ・ヴィル・マーハとアレクシーナ・ヴィル・マーハ王女は宮廷にもどった。そしてサンドラは副女王の地位に就き、ミナ女王の補佐をすることになった。

ミナとサンドラ主催による両王家の友好の儀式には、裕也と両親も招待され、一般庶民の家族は豪華絢爛たるパーティーに目をまわした。

塚森家の居間の壁にテレザがつけた扉は、マーハランド王宮直通のものに調整された。

十日にわたる儀式と宴席がやっと終わり、裕也は自宅に帰ってきた。女王たちも堅苦しい王宮から羽根を伸ばすためについて来ている。

居間の畳の上で、裕也とサンドラ、シーナ、ミナは色違いのトレーナーの上下を着て、のびのびと手足を伸ばしていた。ミナはやはり黒。エリルとテレザはメイド服のまま、正座して控えていた。

裕也は王宮では口に出せなかった疑問を、のんびりしている三人にたずねた。

「今はミナ陛下とサンドラ陛下がなかよく王座を共有しているけど、次の王様はどうなるのかな？　やっぱり二人のどちらかの子供が受け継ぐの？」

女王と副女王そしてプリンセスは顔を見合わせ、裕也へにっこりと笑いかけた。

「わたしたち三人の子供のひとりが、王位を受け継ぐだろうな」

「そのときにこそ、偉大なエメル・マーハ家が復活するのですわ」

ミナとサンドラの言葉に裕也は首をかしげる。

「復活するって、どういうこと？」

シーナが自分の腹をなでて告げた。

「わたしたちが産む裕也くんの子供が、次のマーハランド王国の王になるのよ」

「え、えええええっ！」

目を丸くする一庶民に、王家の美女たちが声をそろえた。

「だから、楽しく子作りをしましょう！」

言葉とともに、裕也は六つの巨乳を押しつけられ、そのまま畳に倒された。驚きっぱなしの顔に三人分のキスの雨が降りそそぎ、トランクスの中に三本の手が潜りこんでペニスと睾丸を揉みくちゃにされるのだった。

わが家は魔法の王国亡命ハーレム

2016年3月6日　初版発行

【著者】
羽沢向一

【発行人】
岡田英健

【編集】
伊丹直人

【装丁】
One or Eight

【印刷所】
株式会社廣済堂

【発行】
株式会社キルタイムコミュニケーション
〒104-0041　東京都中央区新富1-3-7ヨドコウビル
編集部　TEL03-3551-6147／FAX03-3551-6146
販売部　TEL03-3555-3431／FAX03-3551-1208

禁無断転載 ISBN978-4-7992-0855-7　C0193